Primo Levi

LA CHIAVE A STELLA

扳手

[意] 普里莫·莱维 著
杨晓琼 译

中信出版集团 · 北京

目录

……这家伙……鲁莽的来到了世上……生他之前，我很享受了一番。[1]

——《李尔王》，第一幕，第一景

1 此句译文引用梁实秋译本。——译者注（本书注释除特别注明外均为译者注）

『蓄谋』

“不，不，我不能什么都告诉你。我要么跟你说说那些国家，要么跟你说说我经历了什么事。但对于你，我还是告诉你我经历了什么事吧，因为这是个挺好的故事。然后你要是真想写出来，就花点儿心思，好好打磨、修边儿，把它敲锤成形，这样你就能写出一个好故事。虽然我年纪比你小，但我经历过很多，有很多故事。或许你能猜到那些国家的事，那也没所谓。但我要是跟你说了那些地方在哪，我就会惹上麻烦：那里的人虽然好，但他们也有点儿难搞。”

我跟福索内才认识两三个晚上。我们是在食堂里碰巧遇上的，那是我们所在的偏远工厂专为外宾设的餐厅，我作为一名涂料化学师，因为工作需要到了那里。那儿唯有我们两个是意大利人。他才来三个月，但他曾因为其他事在那一带待过，所以他对当地语言掌握得不错，此外，他本来还会四五种语言，虽然说话时语病颇多，但很流利。他约莫三十五岁，高而瘦，近乎秃顶，皮肤晒得黝黑，胡子总是刮得很干净。他面相严肃，表情相当凝重，没什么变化。他讲故事不是特别擅长。相反，他的语调变化不多，时常轻描淡写，颇为简略，仿佛担心人家觉得他夸张。但他也时常放任自己，于是，不知不觉地，他真的有些夸张。他词汇量有限，又频频用那些烂大街的词句表达自己，但他自己似乎觉得这些表达新颖又机智。要是听故事的人没有笑容，福索内就会把那些词句重说一遍，就像在跟傻子说话似的。

“……就像我跟你说的，我会在这个行当里，从一个工地到另一个工地，到世界各地的各种工厂和港口，并不是偶然：这就是我想做的事。所有的小孩都梦想进入丛林、深入沙漠、游历马来亚，我也有这样的梦想，不过我想要自己的梦想能够实现；否则，它们就会像某种你终生患有的病痛或某场手术留下的伤疤，一旦天气阴潮，又会复发作痛。摆在我面前有两条路：我可以一直等到自己富了，然后做观光客；我也可以做装配工。所以我就成了装配工。当然还有其他的路可走：你或许会说，可以去做走私犯，或者诸如此类的行当。但这些不适合我。我想游历异国,但我也一样是个普通人。到如今，我已经有了一种没法安分的性子，一旦被迫安定下来，我就会害病。要是你问的话，我会说，这世界很美丽，因为它总是不同。”

他面无表情地看了我一会儿，眼睛无神，却稍有异样，接着又耐心地说了一遍：“一个人待在家里，或许平静安稳，但这就像吮吸一个铁做的乳头。这世界很美丽，因为它总是不同。所以，就像我说的，我去了许许多多的地方，有各种各样的奇遇，但最离奇的故事还要算过去这一年在那个国家发生在我身上的事。我不能告诉你它在哪儿，但我可以告诉你，它离这儿很远，离我们的国家也很远，我们在挨冻，但那里十二个月里九个月都热得跟地狱似的，剩下三个月会刮风。在那儿的时候我在港口工作，但那儿跟我们这儿不一样：港口不属于政府，它属于一个家族，这个家族的大家长拥有着那里的一切。在我开始工作之前，我得先去拜访他，得穿得笔挺，打着领带，跟他吃点东西，说会儿话，抽根烟，样样都不紧不慢。你想想！我们可是每分每秒都算好的，我的意思是，雇我们是很花钱的，但我们也为此自豪。这位一家之长有一种一半一半的性格，一半时髦一半老派；他穿一件优雅上乘的白衬衫，连熨都不用熨的那种，但他进了大门之后要脱鞋，他让我也把鞋脱了。他英语说得比英国人还棒（但这也不是很难），但他不让我见家里的女眷。他属于某类进步奴隶主。还有，你能相信吗？他把自己的相片框起来，每个办公室都挂，连货仓都挂，好像他是耶稣基督或者什么人似的。但整个国家大致是这样：有驴子也有电传，机场建得让咱们都灵的卡塞勒看起来都寒碜，但通常，你骑马就能最快地赶到一个地方。他们那儿夜店比面包房多，但你常常会看到街上走的人有沙眼。

“我不介意跟你说，操纵起重机是个特别棒的活，要是桥式起重机就更棒了；但这不是谁都能干的。这样的活需要那些懂得其中诀窍的人，能教事物运转的人，像你我这样的人；而其他人，那些助手，你随时随地都能招到。让人惊奇之处就在这里。在我说的这个港口，工会的状况也是一塌糊涂。你知道，在这个国家，你要是偷了东西，他们就会在广场上剁掉你的手，左手还是右手取决于你偷了多少，也许还可能是一只耳朵，但都有麻醉剂和一流的外科医生，瞬间就能帮你止血。不，这不是我编的，而且谁要是对有地位的家族出口诽谤，他们就会割掉他的舌头，绝没什么‘假如’和‘可是’。

“不过，除了这些，他们还有一些相当难搞的组织，你得应付它们：那里所有的工人都随身带着晶体管收音机，像带着个幸运符一样，要是广播上说发生罢工了，那所有事都会停下来，没有一个人敢动一个手指头。就此而言，假如他想干点什么，他就很可能要吃刀子，可能不是当场、当时，而是两三天后；他也有可能被掉下来的横梁砸到头，或者喝一杯咖啡就当场倒地不起。我不愿意在那儿长留，但我很高兴在那儿待过，因为有些事，你要是没看见，就不会相信。

“嗯，就像我跟你说的，我在那儿是为了在码头上架起重机，那是个大家伙，它有可伸缩的吊臂，妙极了的桥架，四十米的跨度，以及一百四十马力的升降电机。上帝，多棒的机器啊。明天晚上记得提醒我给你看照片。当我把它完全架上去之后，我们就进行测试，它好像走在天上一样，像丝绸一样顺滑，我感觉他们都要把我捧成公爵了，我给每个人都拿了酒。不，不是葡萄酒：是他们那儿的酒，他们管它叫卡姆芬，味道像发霉了，但它能让你平静下来，且对你有好处。但我渐渐感到有些力不从心。这份活不是那么简单的；不是技术上的原因，在这方面，从第一颗螺钉开始便一直顺风顺水。不，是一种你感受得到的气氛，就像暴风雨来临前空气中的滞重。人们聚在街角低声嘀咕，叹着气，面面相觑，我没法理解；墙上不时会贴新闻报纸，大家会围拢起来读报，也有人让别人读给自己听；我就被独个儿扔在一边，像只呆鸟一样立在脚手架的最上边。

“接着暴风雨便降临了。有一天，我看见他们用手势和口哨招呼彼此：他们都走了，于是，因为我独自一人什么也没法干，我也从塔楼上下来，准备去瞄一眼他们的会议。那是一个建了一半的棚屋：后来他们用梁木和厚木板搭起了一个台子，一个接一个地来到台上演讲。我不太懂他们的语言，但我能看出他们很愤怒，就像受了冤枉。过了些时候，那个年长的人物上来了，他似乎是个地方带头人。他对于自己所说的内容似乎也十分笃定；他语气平静，十分威严，不像其他人一样大喊大叫，而且他也不需要这么做，因为他往那一站，其他人就都闭嘴了。他做了一个平静的演讲，他们看起来都很信服；最后他问了一个问题，他们便都举起了手，喊着我听不懂的话。当他询问是否有人反对时,一只手也没人举。接着这个老人从前排叫了个男孩过去，给了他一个指示。男孩跑开了，去了工具商店，并立刻就回来了，手中拿着一张那位大老板的相片以及一本书。

“除我以外，还有一位检查员，当地的，但他能说英语，我们关系还算融洽，因为跟检查员走得近总归不会错的。”

福索内刚刚吃完一份分量很大的烤牛排，但他又把服务员叫了过来，让她再给他端一份。比起他的金句格言，我反倒对他的故事更感兴趣，但他照例要重复自己的话：“这是放诸四海皆准的真理：每个圣人都需要蜡烛。因为想和他们走得近，我送了那位检查员一根鱼竿。所以他跟我解释了情况。简直疯狂：很长一段时间以来，工人们都在要求厨房按他们的宗教习惯给他们做饭。虽然说到底大老板自己也是固执偏信某个其他宗教的，但他兀自拿着一种现代腔调——这个国家里有太多宗教信仰了，要每种习惯都照顾到是不可能的。

总之，他叫人事部门的负责人告诉他们，要么他们在现在这样的食堂里吃饭，要么食堂干脆就不办了。罢工已经发生了两三次了，但大老板一丁点儿都没让步，因为生意进度本来就慢。于是工人们就萌生了跟他动真格的念头，你明白我的意思吗？他们要报复他。”

“你说的动真格是什么意思？”

福索内耐心地解释道，差不多就是给他下咒，用邪恶之眼[1]瞪他，给他下降头。“但可能不是要他的命。相反，那时他们绝对不想让他死，因为他弟弟比他有过之而无不及。他们只想吓唬一下他，你知道，让他突然得病，或忽遇意外，让他改变主意就好，同时让他明白，他们知道如何让别人感受到他们的要求。

“于是那位老人拿了把刀，把相框的螺丝拧开。他看起来像是这方面真正的老手。他打开书，闭上眼睛，然后用手指到其中的一页。接着他又睁开眼，读了些我和检查员都听不懂的东西。他拿起相片，卷起来，用手指用力压紧。他叫人给他拿了一把螺丝刀，这把螺丝刀已经在酒精灯上烧得通红，他把螺丝刀插进了压平的相纸卷。他摊开相片，把它举了起来，于是大家都鼓起掌来。相片上有六个烧焦的洞：一个在前额，一个在右眼附近，一个在嘴角，其他几个洞都在背景上，没触到脸。

“然后老人就那么把皱皱巴巴还穿了孔的相片放回了相

1　邪恶之眼：在很多文化中都有用邪恶之眼目视他人，使其遭殃的说法。

框，小孩跑去把它挂在了平常的地方，大家都回去工作了。

“唔，四月末，大老板病了。没人出来公开宣布，但流言不胫而走，这种事情你应该也很明白。起初他的情况似乎很不妙；不，他的脸一点事也没有：尽管如此，这件事也已经够怪的了。家里人想把他弄上飞机，送他去瑞士，但他们没有时间了。是他的血液里生了什么毛病，十天后他就死了。而他本是个皮实的男人，我告诉你，他之前从没病过，总是坐着自己的飞机满世界飞，下了飞机就去泡妞，或者从天黑赌到天亮。

“这个家族告工人们谋杀，或者说‘蓄谋杀人’；有人告诉我他们那儿是这样叫的。他们有法庭，你理解吧，但这些法庭属于你最好敬而远之的那种。他们有不止一套法律；他们有三套法律，他们选用哪套取决于哪套能更好地为强势一方或给钱多的一方服务。就像我说的，这家族的人坚持说这是谋杀:他们有杀他的动机，有让他死的行动，而他也真的死了。辩护律师说，这些行动不足以致命:它们最多能让他紧张一下，火大一次，或者起些丘疹。他说，要是工人们把那张相片剪成了两半或者浇上汽油烧了，那问题就严重了。因为这就是降头起作用的原理，大致就是：一个洞就造成一个洞的破坏，从中剪断就有从中剪断的威力，以此类推。听到这个，我们不禁要笑，但他们都深信不疑，连法官也是，甚至辩护律师们也一样。”

“那审判最后结果怎么样？”

“你在逗我吗？它还在审呢，而且天知道还要审到什么时候。在那个国家，审判没有能结束的。但我提到的那个检查员答应告诉我结果，既然你对这个故事感兴趣，要是你想知道，我也可以告诉你。”

服务员来了，端来了福索内点的分量堪称壮观的奶酪。她四十岁上下，弓着背，瘦得看得见骨头，直直的头发上沾着天知道的什么东西，而她可怜的小脸看起来像怯生生的山羊。她长长地看了福索内一眼，而他回看了她一眼，眼神里写着满不在乎。她走开之后，他说："她看起来有点像扑克牌上的梅花J。但是他妈的，生活给你什么，你都得接着。”

他努努下巴指着奶酪，带着勉强的热情问我要不要来一点。然后他狼吞虎咽地吃了起来，一边嚼一边继续说："如你所知，在这里，姑娘们总是缺男人，我们就变得紧俏。生活给你什么，你都得接着。我是说，厂里给你什么，你都得接着。”

与世隔绝

“唔，不可思议。我能理解你多么想写下来。没错，我自己也知道一些；我父亲告诉我的。他也曾在德国待过，但境况不大一样。无论如何，我跟你讲：我从没在德国打过工，那个地方我一直不喜欢。我能适应许多语言，甚至对阿拉伯语和日语也略知道一些，但我一个德语词也不懂。挑个日子我跟你讲讲我父亲，讲讲他当战俘的故事；但跟你的故事不一样，他的更类似于让人捧腹的故事。我也从没进过监狱，因为如今要想去坐牢，你真得搞出点大事。不过我也做过对我来说比坐牢还难受的工作，你信吗，而假如我真得去坐牢，我觉得我肯定坐不过两天。我会撞墙，或者心力衰竭而死，就像你试图关在笼里的夜莺或燕子一样。你别觉得我这件事是发生在某个遥远的国家。不，它就发生在家门口，扔块石头的距离，那地方要是遇上晴天，要是有风，就能看见苏佩加山（Superga）和安托内利尖塔（Mole Antonelliana）。但是，在那一带，晴天不怎么常有。

“他们叫了我，还有其他人，工作内容再普通不过了，真的：一般的地点，一般的难度。我跟你说过那地方的，要么我可能没告诉你准确位置，因为，事实上这对我们来说也相当于职业机密，就像医生和听你忏悔的牧师一样。这项工作的难度撑死了不过是个桁架塔（truss tower），大约三十米高，底部是六乘五，而且我还有许多帮手。那是秋天，不冷也不热。换句话说，你几乎都没法把那叫作工作，这工作就是其他工作之间穿插的休息时间，一个呼吸家乡空气的机会。我蛮需要的，因为我刚在印度干了个建桥的工程，特别艰苦，那讲起来也是个故事，挑个时候我得跟你讲讲。

“设计也再普通不过了：都是钢架，L 形梁和 T 形梁，没有难做的焊接，标准的格子架底板（grill flooring）。设想就是侧着将塔组装好，所以也完全不需要爬到六米以上的高度，甚至不需要我把自己吊上去。最后他们会弄一辆起重机把它竖起来。起初，这东西是干什么用的我完全没考虑。从图纸上我能看到它将支持一个相当复杂的化工厂，有大大小小的管道，比如管柱、交换器，以及各种各样的管子。他们只告诉我这是一个蒸馏厂，从废水中提取酸……因为否则的话……”

不知不觉，也并非有意，我一定是露出了一种特别感兴趣的表情，因为福索内突然停了下来，用一种半是惊异、半是不满的语气说：“除非要保密，否则你早晚都要告诉我你从事的是什么行当，你在你的行业里又是做什么的。”然后他又继续他的故事。

“但即使我不知道整体情况，看着它一天一天建起来，我还是很开心，就像看着婴儿长大：我说的是还没出生的婴儿，还在妈妈肚子里的。当然了，这是个奇特的婴儿，因为它大概重六十吨，这还单是框架，但它不会像野草那样肆意地长；它长得整齐又精准，就像图纸上一样，所以当我们把梯子安插到两层之间时——这是相当复杂的——既不需要割，也不需要焊，恰好合适，这是一种真正的满足，就像他们建弗雷瑞斯隧道[1]一样，花了十三年，但之后意大利那边的洞穴和法国那边的洞穴相接了，准确无误，连二十厘米的误差都没有，所以后来他们造了一个纪念像，就是全黑的那座，顶部有会飞的仙女，在斯塔图托广场上。

“我已经说过了，我不是一个人干这份活，尽管像这样的活，给我三个月和两个机灵的帮手，我自己就能干得挺漂亮。我们有四五个人，因为客户赶时间，希望这个塔最晚能在三个星期之内立起来。没人叫我管理工作队，但从第一天开始，我就自然而然地开始负责指挥，因为我最有经验，我们这行唯一看重的就是经验，我们的衣袖上没有臂章。我跟这个客户说话不多——他总是匆匆忙忙，我也是——但我们一拍即合，因为他属于那种类型：非常懂行，不装腔作势，一句比别人响的话都不用说就能指挥全局，对花钱雇你做的事情不吹毛求疵，要是你犯了错误他也不会发火，但他要是犯了什么错误，他就会认真反思，然后向你道歉。他是从咱们那儿来的，跟你一样是个小个子，不过比你年纪要轻些。

“三十米的塔全都组装完之后，整个工地都被占满了，它看起来很笨，有点可笑，就像所有理应竖着却被横放在地上的东西一样。我是说，这看起来挺让人难受的，就像一棵被砍倒的树，我们很快叫来了起重机，准备将它竖直。塔太长了，要两台起重机在两端钩住，慢慢地把它弄到已经浇筑好的钢

1 弗雷瑞斯隧道（Frejus tunnel）：一条穿过塞尼山，连通法国和意大利，长度约 13.7 千米的铁路隧道。

筋混凝土基座上，上面的导缆（mooring）也已准备就绪；其中一个起重机会用伸缩臂把它拖起来，然后放置到准确位置上。一切都进行得好好的;从安装场地到仓库这段路非常顺利;让它转过仓库拐角的时候，我们不得不把墙敲掉一些，但没什么大问题。当框架的底部落在基座上的时候，我们把小起重机送了回去，大起重机则把伸缩臂伸到最长，塔悬挂在伸缩臂上，然后一点点竖直。甚至对我来说——我看过了许多的起重机——这都是一幅美丽的画面，也是因为，你能听到引擎发出稳稳的轰隆声，就像自己在说话，说这只是小孩把戏。它慢慢地把负重放到准确的位置上，孔口恰对着螺栓，我们将其旋紧，喝了杯酒，然后离开了。但那位客户追着我跑了过来，他说他对我非常敬重，项目最难的部分还没有做，问我是否已经接受了其他委托，懂不懂怎么焊不锈钢。长话短说，因为我后面没什么安排，我又喜欢这个人，以及这份工作，他就把我聘为了总装配工，负责所有的蒸馏管道和工作与服务管道。服务管道是他们输送冷水、蒸汽、压缩空气以及此类东西的，工作管道是即将被处理的酸所流经的管道。这是他们的叫法。

“有四根管道：三根细的，一根粗的；粗的那根相当粗。但装起来不难。它不过就是垂直的不锈钢管道，三十米高：也就是说，跟塔一样高，事实上，建塔是为了支撑管道。它直径一米。因为运过来时是四截，所以我要做的就是三次焊接，一次凸缘焊接，两次边缘焊接，里面焊一圈，外面焊一圈，因为金属壁有十毫米厚。焊里面的时候，我得爬到一个笼子里，就像鹦鹉的笼子，有根绳子挂着笼子，从管道最上面放下去；这不是什么有趣的事，但我不过在里面待了几分钟。然后，当我开始做管道线的时候，我以为我肯定会发疯，因为我其实不过就是个流动装配工而已，从没见过这么复杂的工作。有超过三百根管子，直径各不相同，从四分之一英寸到十英寸（约 0.64 厘米到 25.4 厘米）[1] 不等，长度也参差不齐，有三、四、五道弯，这几道弯也不净是直角。而其中一根管子实际上是钛的，我甚至都不知道有这么一回事，它简直让我心力交瘁。那是浓度最大的酸通过的地方。这些管子连接了大管柱、小管柱以及交换器，但设计太复杂了，即使我从一早开始研究，到了晚上我也都忘了。因此，我一直没搞明白整个工厂的运作原理。

“多数的管子都是不锈钢的，你知道那是好材料，但它没有延展性。我是说，它处于冷却状态的时候，一点延展性都没有……你不知道吗？对不起，我以为你们在学校里学过这些东西。它没有延展性，而你要是对它进行加热，它就不能那么完全不锈了。换句话说，我需要做很多安装、拉拽、锉和拆分的工作。没人看着的时候，我会用锤子轻轻敲打几下，因为锤子能搞定一切，事实上，在蓝旗亚[2] 工厂，他们一般把锤子叫作‘工程师’。嗯，当我们把管子装完的时候，它看上去就像人猿泰山的丛林一样，轻易是穿不过去的。然后专做

---

1 括号中计量单位换算的内容均为译者所加。

2 蓝旗亚（Lancia）：意大利汽车品牌。

绝缘的工人来给它做绝缘，油漆工来刷油漆，一项项工序完成之后，又一个月过去了。

“有一天，我正在塔顶上，拿着梅花扳手检查螺栓是不是都拧紧了，我看到那位客户正往上爬，有点慢，因为三十米差不多有一栋八层的楼那么高。他拿着个小刷子，一张纸，脸上有一种诡秘的表情，他开始收集管道顶板上的灰尘，管道是我一个月前就已装好的。我狐疑地打量着他，跟自己说：他是来找麻烦的。但他没有。过了一会儿，他招呼我，并给我看了那张纸；他掸了一点灰色的灰尘上去。‘你知道这是什么吗？’‘灰尘。’我回答。‘是的，但从路上和房子上来的灰尘不会大老远到这上面来。这灰尘是从星星上来的。’

“我本以为他在逗我，但是，之后我们爬了下来，他让我透过放大镜看——一粒粒灰尘全都是小圆球，然后他又让我看，这些灰尘能被磁铁吸引。也就是说，它们是铁的。他解释道，这些是坠落的星星落到最后的样子；如果你爬到足够高的地方，找个干净的、没有人来的地方，你就总能找到一些，前提是没有斜坡，雨水也没有把它们冲走。你不会相信，起初我也不相信；但因为工作缘故，我常碰巧上到这样高的地方，我看见过，这些灰尘总是在那儿，年头越久，积得越多，所以它们就像计时器一样。我是说，就像你用来煮鸡蛋的那种沙漏一样；我收集了世界各地的这样的灰尘，把它们收在家里一个盒子里，我是说我姨妈家，因为我自己没有固定的住处。如果有一天，我们都在都灵，我就给你看看，你会觉得有些伤感，这些流星就像圣诞马槽上的彗星一样，你看见了，就会对着它们许愿，然后它们便落下来，冷却掉，成了这些小球，只有十分之二毫米那么大。但别教我扯远了。

“我刚跟你说到：工作完成的时候，那塔看起来像一片森林；它也像你在候诊室里看到的示意图，人类身体，一幅画的是肌肉，一幅画的是骨骼，一幅神经，还有一幅内脏。而它其实没有肌肉，因为里面没有东西在运动，但其他的都有，而我就是装好血管和内脏的人。一号内脏——我是说肠胃——就是我之前提到的那根粗管道。我们往里注满水，又往水里倒了两卡车的拉西环填料：跟你的拳头一样粗的瓷环。先倒水能够确保拉西环慢慢下落，这样就不会砸碎，一旦水放干了，这些环就会构成一座迷宫，这样水和酸的混合物进入管道后，就能有时间在管道里充分分离：酸会从底部流出，水会转化为蒸汽从顶部散去，之后液体在交换器里再浓缩一次，然后流到某个我也不晓得的地方去。我说过的，我一直没能完全理解这些化学类的东西。重点就是，那些环不能碎；它们得慢慢落下，一个搭在一个上，一直到它们将管道填满。把这些环扔下去是个惬意的活：我们把它们装在桶里，用电动起重机把它们拎上来，然后温和地、慢慢地让它们滑入水中，这就像孩子在沙滩上堆沙子的时候，大人都会说，小心点儿，不然会弄湿衣服的。果真，我浑身都湿透了，但那时天很热，所以我其实还蛮享受的。这一工作花了我们几乎两天时间。还有细一些的管道，也得填上环；这些是干什么用的，坦白讲，我也说不好，但它让我们多花了两三个小时。之后我跟大家道了别，顺道去办公室领了薪水，因为我有一个星期的假，我就北上去了瓦迪兰佐（Val Di Lanzo）钓鲑鱼。

“我度假的时候，绝不会给人留下地址，因为我对之后会发生什么事情一清二楚；而事实上，回到家我发现我的姨妈们快吓死了，她们手里正拿着我的客户发来的电报，因为对她们这些可怜的女人来说，电报是足以叫人心急火燎、坐立难安的东西：‘福索内先生请速与我们联系。’那我还能怎么样呢？我就跟他们联系了，我的意思是我给他们打了电话，但‘联系’听起来要高级些。从那个人的语气中，我察觉到的头一件事就是，肯定出问题了。他听上去就像一个在叫救护车但又强掩不安的人，他想保持自己一向的风格。我必须放下手头的一切直接过去，因为要开一个重要的会议。我试图向他了解那是什么样的会议，以及我要做些什么，但是不行：他只是一再坚持让我立即过去，声音听起来像要哭了。

“所以我去了，我发现那塔全他妈松了。他，就是客户，脸色看起来就像在外面疯玩了一夜一样，但其实不然，他熬了一夜，守着这套设备，设备有些奇怪。很显然，过去的那一夜，他已经完全让忧虑击垮了，就像你家里突然有人病了，但你却搞不清他到底哪儿病了，然后你就慌了手脚，请了六七个医生过来，而其实还不如请个医术高明的，一个就行。他派人叫来了设计师，管道施工者，两个电工——这两个人一见对方就急眼，就跟猫见了狗一样；还请来了他的化学师，这位化学师也在休假，但被迫留下了地址；还有一个挺着啤酒肚、留着红胡子的人，他说话一股教科书味儿，我们不清楚他跟这个项目有什么关系，后来我们发现他是客户的朋友，是一名律师，但我想这位客户让他来，不是因为他的律师身份，而是为了让他帮自己打起精神。所有人都站在管道脚下往上看，他们来回踱步，不时会踩到彼此的脚，都努力安抚着那位客户。他们都在胡说八道，而其实管道也在说话，恰像是某个人在发着烧、说胡话，但大家看他[1]或许马上要死了，就认真听着。

“病了。没错，那根管道是真的病了：所有人都能看出这一点，我自己都能看出来，虽然我不是专家，客户叫我来也不过是因为，是我把那些环放了进去。就像发病一样，五分钟一次。起初你可以听到某种嗡嗡声，模糊又低沉；之后声音变得越来越响、越来越不规律，就像一头大型动物呼吸困难时的样子。管道开始颤动，过了一小会儿，整个结构都开始产生共振，似乎快地震了。当时每个人都表现得像什么事都没有：一个人调整了一下自己的鞋带，另一个人点起一根烟，但他们都往外移了一些。接着你听到一声低音鼓似的响声，但它是一声模糊的闷响，就像来自地下，声音像后卷浪，我的意思是，像碎石突然涌出，接下来又没有了，只有与之前一样的嗡嗡声。这些都五分钟发生一次，像钟一样准；而我能够告诉你这些是因为，虽然我跟它没有很大的关系，但我和设计师是唯独设法保持着冷静、不失理智地观察事态的。我站在那儿越久，我就越有一种感觉，像手中抱了个病孩子。或许这是因为我看着它长大，我甚至深入它的内部进行了焊

1　此段以及本书中其他地方的他和它皆根据原文用词译，并非混淆。

接；或许是因为它就那样毫无意义地呜咽着，就像一个还不能说话的孩子，但你能看出他病了；甚至可能是因为我扮演着一个医生的角色：在诊治某个身体内部得病的人时，医生首先把耳朵贴到病人的背上听，接着拍打其全身，然后把体温计插进去。这恰是设计师和我在做的事情。

“如果你把耳朵贴在金属护板上听，当它全面发作的时候，真的很吓人：你可以听到巨大的声响，就像内脏在上移，我自己的内脏都快要移位了，但我为了保持形象将它们控制住了。而温度计，显然它跟别人插到你嘴里或你插到别人嘴里量体温的一般体温计不一样，它是一个复合温度计，在设备的所有关键点上都布有双金属材料，有个刻度盘，还有大约三十个按键，可以用于选择读哪个点的温度。也就是说，这是一个智能仪器，但那根粗管道的中心，也就是病了的那根，其实是整个系统的中心，在那个位置，还有一个特别的热电偶，它直接影响着温度记录器：你知道，就是那种能在一卷坐标纸上写下温度变化曲线的笔。嗯，这就更加吓人了，因为你可以看到整个病历，从他们让整套设备开始运行的第一个晚上开始。

“你可以看到起始点，我是说从二十度开始的这条线，两三个小时之间，就升到了八十度，然后渐趋稳定状态，成了一条又平又稳的延伸线，持续了二十小时。之后看起来是一段震动，非常轻微——你几乎观察不出——只持续了五分钟；而这之后，是一系列的震动，越来越剧烈，长度恰好全是五分钟。最后的震动——其实是前一天晚上最后的震动——已完全不是震动；它已经成了波动，一下子跳十几二十度，急剧上升又猛烈坠落，我们赶上了一阵波动，设计师和我，我们可以看到曲线上升，同时周围一阵骚动，而在我们听到那声低音鼓和碎石的声响时，温度发生了凶险的跳水式下降。设计师很年轻，但很专业，他告诉我，前一天晚上他在米兰时另一个人给他打了电话，因为需要设计师授权把所有设备都关掉，但设计师不放心，他宁愿跳上车亲自过来，因为要整个关掉也不是那么简单，他担心客户会搞得一团糟，但现在也没有别的办法了。所以他亲自关了机器，半个小时里，一切都停止了，周围是一片死寂，曲线下滑，就像飞机降落，而我似乎听到了整套装置解脱地松了一口气，就像他们给病人用了吗啡，他睡着了，一时半会儿也不痛了。

“我一直说我跟这一点关系也没有，但是客户逼我们围着一张桌子坐下，这样每个人都可以说说自己的意见。说实在的，起初我不敢说出我的意见，但有一件事我确实想说，因为我是把环扔下去的人，我的听力相当灵敏，我可以听出，那种内脏搅动的声音，正是我们将环从桶里倒进柱中的声音：一个后卷浪，就像一辆自卸卡车开过来卸下碎石一样，它发出嗡嗡声，响动越来越大，直到忽然之间，碎石下滑，像雪崩一样。最后我把自己的这个想法悄声跟设计师说了，而他站起来，用更好的措辞重新说了一遍，就像这是他想到的一样，所以根据他的判断，管道出的毛病就是液泛（flooding）的一种情况。你知道某些人的：他们要想让自己显得举足轻重，就会逮住一切机会。所以管道发生了液泛，得打开、放水、观察。

“说做就做。每个人都开始讨论液泛，除了那位律师，他像个傻子似的自己笑着，在一边跟客户说了些什么，或许他已经在考虑打官司了。每个人都真诚地看着我，好像已经公认挽救局面的人就是我了；而我必须说，我打心眼儿里不觉得抱歉，半是因为我其实更好奇，半是因为那顶部收集着星尘的、呻吟着的管道正在拉屎……对，我还没跟你说，但它很明显在积聚压力，因为在每次波动的顶点，你都能看到底部‘人孔’的垫圈里有一些棕色的泥浆流出来，一滴一滴滴在基座上。好吧，我对此真心感到难过，就像它是一个承受着痛苦却说不出话的人一样。我感到一种人常对病人产生的难过和恼怒，而即使你不喜欢他们，你最后也会帮着治疗他们，至少这样他们就能停止呻吟。

“我不会跟你讲看一眼内部有多麻烦。结果我发现，里面竟有两吨花钱买来的酸，但你无论如何不能把它们全放进下水道里，因为这会污染整个地区；因为它是酸，你也不能把它倒进什么旧水槽里：必须是不锈钢的，水泵也得是抗酸腐蚀的，因为必须从上面把它抽干，要凭重力放干它的话斜率不够。但最终我们齐心协力做完了这项工作，抽干了酸，用蒸汽清了管道，使它不至于气味太大，然后我们就等着它冷却下来。

“这个时候，不管别人喜不喜欢，我已经成了众人焦点了。有三个‘人孔’：一个在管道顶端，一个在中间，还有一个在底部。你知道，这么叫它，是因为它是那种人可以钻过去的圆孔；蒸汽引擎上也有人孔，但是这个名称不是说人可以舒舒服服地穿过去，因为它的直径只有五十厘米，我也认识一些有点啤酒肚的人，他们要么钻不过去，要么钻到一半就被卡住。但是，正如你亲眼看到的，我在这方面完全没问题。为保证里面的环不掉出来，根据设计师的指令，我开始慢慢地拧开顶部的人孔。我移开大的盖子，把一个手指插进去，然后把整只手放进去。什么也没有。由此推断，环应该已经落到更下面了。我把盖子拿开，但只看到一片漆黑。他们递给我一支手电筒。我把头伸进去，却仍只看见一片漆黑：没有环，就像我把它们扔进去这回事只是我自己做梦一样。我唯一能看到的就是一口井，而且它似乎根本没有底；一直到我的眼睛适应了黑暗，我才看到在更下面的地方，有一种勉强可见的发白的幽光。我们把一块重物挂在一根绳上放下去，它到二十三米的时候触底了：我们堆满三十米的环，缩水了七米。

“大家进行了很多讨论和争辩，最终我们彻底地摸透了这件事的底——我这不是一种修辞法——因为环真的都碾碎了，积在了底部。你可以想象一下事情的来龙去脉。我告诉过你，环都是瓷的，易碎，这就是我们扔环下去的时候用水减震的原因。明显是有些环碎了，碎片在柱底铺成了一层，而蒸汽会往前冲，会猛地冲破底层，这会震碎更多的环，就此恶性循环。当你想明白的时候——设计师基于环体积的变化进行了分析——完整无缺的环就所剩不多了。果然，我打开了中间的人孔，发现里面是空的。我打开最下面的人孔，看到了一个砂石沉积块和一些小灰石块，这就是那许多环最后的下场：它们成了严重板结的沉积块，当我把盖子拖到一边的时候，它甚至丝毫没有移动。

“全都毁了，就剩下一摊子倒霉事。我见过不少这样的倒霉事，当你想摆脱某个错误、将它隐藏起来的时候，它就像一具尸体一样散发恶臭，如果你把它扔在那儿任它腐烂，它就会像一场永无休止的布道，或者一场法庭审判，提醒着每一个跟它有关系的人：‘永远不要忘了，你对这一摊子被搞砸了的事有责任。’对解决这摊倒霉事最心急如焚的人也是最感到应负责任的人，这并不是偶然，而这一次是设计师，他跑来找我，装出一副若无其事的样子说，只要用水好好地冲洗一下，那些垃圾就会瞬间被冲走，我们放一些新的环进去，不锈钢环，而且当然是他出钱。当谈到清洗和处理残局的时候，客户同意了，但当他听到再放环的时候，这个人变脸成了野兽：设计师没有被起诉就应该感恩戴德地去修圣母像了，不能再搞更多环了。他得想出点更好的办法，并且最好快点，因为客户已经损失了一个星期的生产。

“我个人一点过错都没有，但是看着我身边这些垂头丧气的人，我自己也觉得不好受，这也半是因为天气变得阴冷了起来，感觉更像冬天而不像秋天了。然后我们很快意识到，这个工程不是那么快能完成的：显然那摊垃圾——我指的是碎环——是非常糙的碎片，而且全都堵塞在一起了；事实上，我们从上面浇下去的水从下面出来时还是跟进去时一样清，这些废渣纹丝不动。客户开始说，如果能让一个人带着铲子下去或许可以，但他只是说说，眼睛没有看向任何人，而且是以这样一种怯怯的语气，显然他自己也对自己说的话没信心。我们试了各种办法，但最终我们发现，最好的办法就是从底部把水灌进去——治便秘的老办法。我们把软水管固定在管道的排水管上，然后将它开到最大；有一段时间我们什么也没听到，然后好像有一声巨大的抽噎声，那些东西开始被搅动起来并从人孔流出来，就像泥一样；我感觉自己像个医生或者兽医，因为到了这个节骨眼儿上，那生病的管道不再像婴儿了，它开始变得像个史前动物——如房子一样高，然后不知什么原因又全死光了。或许这就是便秘。

“但除非是我误会了，否则我开始讲这个故事时的方向就不对，然后便跑题了。我一开始跟你说的是坐牢，我说这个活比坐牢还难受。很明显，假如我事先知道这件事将对我产生的影响，我永远不会接这样一份工作，但你知道是怎么回事：一个人需要很长的时间才能学会拒绝一份工作，跟你说实话，我到今天都还没学会，所以你能够想见，那时候我还年轻，他们报给我的数目那么高，让我都开始考虑跟女友去度两个星期的假了；而且，你得记住，当别人往后缩的时候，我总是喜欢往前靠，我现在还是这样，他们已经摸清楚了我是什么样的人。他们捧着我，跟我说他们永远也找不到像我这样的装配工，说他们对我充满信心，而这份工作需要真正的责任感以及诸如此类的。那我就说好,但这是因为我还不懂。

“而事实是，设计师，聪明如他，犯了个天大的错误。我从他们的谈话和他的脸上看出来了。显然，在那类管道里，瓷的或者其他材质的都不好，因为它们会成为蒸汽的障碍物，唯一可以放的就是金属板，中间有孔的圆板，也就是不锈钢，每半米放一个，总共放五十个左右……你知道这样的圆板吧？

你知道？但你一定不知道它们是怎么装上去的；或许你大概能想象，但你肯定不知道安装的情形是什么样的。但毕竟这也很平常，一个人开汽车，但他从不想是什么样的工作造出了这车子；或者他在那种能揣进口袋的计算器上做过一些计算，起初这似乎堪称奇迹，但之后他习惯了，也就觉得自然了。说到这个，当我决定举手的时候，我的手就会举起来，这对我来说似乎很自然，但这纯是一种习惯。这就是为什么我喜欢谈论自己的工作：因为有那么多人对此毫无思考。但让我们说回到圆板。

“每片圆板都被分成两块，就像两个半月彼此嵌合。必须把它们以这样的形式切分开，因为如果它们全是整块的，安装起来就太难了，或许根本不可能。管道壁上要焊上小托座，每个圆板架在八个托座上，我的工作就是安装托座，从管道底部往上。你从下往上地做，四周都要焊，一直焊到肩膀的高度，不能再往上了，你知道，因为再上去就太累人了。然后你把第一块圆板放置在第一层托架圈上，你穿着胶底鞋爬到圆板上，这样你就被抬高了半米，然后你再焊出一圈托架。助手在上面放下另一双半月钢板，你把它们装好，在你的脚下，一次装一块。如此循环。一圈托架，接着一个圆板，又一圈托架，又一个圆板，一直到顶。但到顶部有三十米高。

“对。我画线的时候没有任何困难，但当我到了离底部两三米的时候，我开始觉得身体有些难受。起初我以为原因是焊条上冒的烟，但通风状况良好；或许是我的面具，因为一次要焊那么多个小时，你得把整个脸都遮住，否则皮肤会被烤伤，整块儿地脱皮。但情况越来越糟，我觉得自己的胃上面压着什么重东西，我的喉咙收紧，就像一个想哭的小孩。最主要的是，我觉得头晕眼花：我记起了许多早已忘掉的事情，我想起我祖母的姐妹，她与世隔绝，成了修女——‘她穿过那扇门，不知是死是活，再也没有出来’；我想起他们跟我讲的村里的事，他们把一个人装进棺材埋了，而他没有死，到了夜里，他在墓园里用拳头砸棺材想出来。而那管子，似乎也一直在变窄，它让我越来越透不过气，我就像蛇肚子里的老鼠一样；我抬起头看管口，好远，好高，我一步一步往上，每步半米；我特别想让他们把我拉上去，但我没有，因为经过了所有他们扔给我的这些破事之后，我不想看起来像个傻子。

“就这样，我花了两天时间爬到了顶，但我永远被它困住了。我依然不怕告诉你，自此以后，我时常都会感觉到那种受困老鼠的紧张：多数是在电梯里。工作的时候不大会发作，因为我现在把所有室内的事情都交给了别人；我觉得自己很幸运，因为在我所从事的行业里，多数时候我都能露天工作，也许需要忍受严寒、酷暑、雨淋、头晕，但没有被隔绝的问题。我再没回去看过那根管道，即使是从外面也没有，我离那些管道、管子、输油管都远远的，当我在报纸上看到那种有人被绑架、绑匪诈赎金的报道时，我读都不去读。人就是这样，很蠢，我也知道这很蠢，但我一直都没能变回以前那样。在学校的时候，他们教给我凹面和凸面；好了，我成了一个凸面装配工，凹下去的工作我再也干不了了。但你如果不跟别人讲，我会很感激的。”

帮手

“……噢，天！你不能跟别人比。就说我吧，我从来没怨过自己的命运，如果我有抱怨，我就是个傻子，因为这是我自己选的：我想去看别的国家，努力工作，不为自己拿的钱感到有愧。我想要的就是我已经得到的。不过显然这是见仁见智的事情，你是一个有家庭的男人，你很清楚。实际上，像我这样是不可能拥有家庭的，甚至朋友也很难有。兴许你能交到几个朋友，但你跟他们的关系只能维持到工作结束：三个月、四个月，最多六个月，然后你就要去赶飞机了……顺便说一句，在这个地方他们把飞机叫作 samolyot：这你晓得吗？我一直对这个词很有好感，它让我想到 siulòt——咱们家乡就是这么叫洋葱的。对，它让我想到 siulòt，还有 scimmiotti，猴子。但我又离题了。我刚才在说赶飞机对吧？我说的其实就是永别了。要么你可能无动于衷，这意味着他们不是真朋友；要么他们是真朋友，于是你就觉得很遗憾。姑娘也一样，其实甚至更糟，因为你不能没有姑娘，有那么一两次，你还会走不出来，那感觉绝对像地狱。”

福索内请我去他的房间喝茶。里面非常简朴，跟我的房间几乎一样，甚至细节上也是：一样的灯罩，一样的铺盖，一样的墙纸、脸盆（滴水的方式也跟我的一模一样）、掉了调台钮的退休收音机、脱靴器，甚至连门边角落的蛛网也一样。但我在我的房间里住了不过几天，他已经住了三个月了：他在壁橱里搭了个小灶，天花板上挂了蒜味腊肠和两串大蒜，墙上钉了一幅都灵的俯瞰图和一张都灵足球队的照片，上面画满了签名。照珀那忒斯[1]所能给予的眷顾而言，这些东西不算多，但我连这些也没有，我在他的房间里比在自己房间里更有回家的感觉。茶好了，他礼貌地端给我，但没有用托盘，他建议——其实是要求——加一些伏特加，至少一半一半，“这样你会睡得更好”。不过在那个地处偏远的宿舍里，我们无论如何都睡得不错；到了夜里，你可以享受到一种全然的、原始的寂静，打破它的唯有呼呼的风声和昼伏夜出的不明鸟类的啼鸣。

“那么好吧。那个让我在分别时感到最难过的朋友，我要是告诉你它是谁，你一定会从椅子上摔下来。因为，首先他给我惹了大麻烦，其次他甚至不信基督。这是真的。他是只猴子。”

我没有从椅子上摔下来：这是出于一种根深蒂固的自我克制的习惯，第二反应一般会盖过第一反应，但这也是因为福索内的开场铺垫弱化了惊奇的效果。我肯定已经说过，他不是一个特别擅长讲故事的人，他在其他方面更优秀。因此，其实没那么让人惊奇：谁不知道动物最好的朋友、最能与动物相互理解的，就是孤独者？

“就这一次，不是关于起重机。我还可以再讲许多跟操纵起重机有关的故事，但这样的话，一个人最终会变得很乏味。

1　珀那忒斯（Penates）：传说中的家庭的守护神。

这一次是一座德里克（derrick，井架）[1]。你知道德里克是什么吗？”

我只在书里得到过一个大概印象，我知道那是钢塔，是用来钻油井的，也可能是抽取石油的。另一方面，要是他有心想知道，我可以给他讲述这一名称的起源。德里克先生（Mr. Derrick）是一个很有才干、很用心、很虔诚的人，他生活于17世纪的伦敦，许多年都一直是大英帝国陛下的绞刑吏；他对自己的职业是如此用心和入迷，所以不断地研究不同的方法来精进器具。在他职业生涯的最后阶段，他发明出一种足以成为典范的新绞刑架，这使受绞刑的人“不论高矮”都能被远处的人们看见。它被称作*德里克绞刑架*，接着就成了我们更为熟悉的*德里克*。后来，这一术语开始涵盖相似的结构，所有为更平常的用途设计的门式架子都被叫作德里克。德里克先生以这样的方式取得了一种特别和非常稀罕的不朽，在这一过程中，一个人姓氏的第一个字母不再大写：享有这种殊荣的杰出人物在历史上还不到十二个。但还请福索内继续讲他的故事。

福索内眼睛也没眨一下便接受了我突然的琐碎插嘴。但是他摆出一副漠然的表情，或许是因为我在这种如中小学口语考试的风格中使用虚拟语气让他不太舒服。

然后他继续讲：“很可能。但我始终觉得，用随便什么方法他们都要绞死人。无论如何，这个井架都没什么特别的，

1　此处为便于后文作者讲述名称起源而音译为德里克，在其余情况中将译为“井架”。

大概二十米高，是个钻井井架，他们如果用这种井架什么都没挖到就会把它拆掉，然后带到其他地方去。在我的故事里，天气通常不是太热就是太冷；唔，这次我们是在一片森林中的一块空地上，天气不冷也不热，但雨一直下个不停。它属于那种温和的雨，你甚至不能说它让人不快，因为在那一带你找不到地方洗澡。你只能把衣服脱了，脱到像当地人一样只剩短裤，天要是下雨了，你就让它下。

“组装工作越进行下去，就越让人觉得可笑：这份工作甚至根本就不需要成熟的装配工，任何能爬高的工人都能做。我手下有三个工人，但这三个货简直了！我的天！他们可能是营养不良，一定的，但他们都擅长一天到晚晃来晃去。你跟他们说话的时候，他们连应都不应；他们就像睡着了似的。事实上我差不多每件事情都要考虑：发电机、接线图，晚上我甚至还得自己在棚屋里做饭。最让我纠结的是，他们管那台无聊的机器叫运动部件，我永远不相信它有那么复杂：你知道，就是那个有许多传输带和蜗杆螺钉、能将钻头送下来的东西。严格说起来，组装那种东西并不在我的业务范围内。它看起来没什么大不了，但内部是众多输送用的配件（它们都是电子的，并能自动调节）和操控泥浆泵的操控装置；你在它的底部拧上钢管，它们一根根伸向井的深处。我说的就是你通常会看到的一种场景……是的，在电影里，那些与得克萨斯有关的画面。我也不介意说这是一项了不起的工作。那时我没有意识到，就算你深入地下五千米，也不必然意味着那里有石油。”

喝了茶和伏特加，福索内的故事还没有要进入地下的迹象，于是我小心地提到，我的房间里有一块发酵奶酪和一些匈牙利小香肠。他不是拘礼的人（他从来不拘礼，他说那不是他的风格），于是茶话会就发展成了吃点心和小型晚餐，而日落时橙黄色的光线渐渐变成了北方夜晚明亮的紫罗兰色。西边的天际凸起一长片土地，一片薄而暗淡的云低低地浮于其上、与其平行，仿佛画家误画了一笔，又忙在稍高处补了一笔。那是一片奇怪的云：我们对此有过争论，后来福索内说服了我——那是远处羊群扬起的灰尘在无风的空气中被滞留了下来。

"我没法告诉你为什么我们得到的工作都是在一些极端的地方：要么热得难受，要么寒冷无比，要么干得冒烟，要么一直下雨,就像我跟你说的那个地方。可能只是我们被惯坏了，我们来自文明国家，来到一个稍有些不同的地方，就立刻像来到了世界尽头一样。而那里到处是在他们的国家活得好好的、不愿跟我们换地方的人。这都是习惯。

"在我跟你说的这个国家里，你不太容易交到朋友。注意，我对外国佬一点偏见都没有，在许多其他地方我看到过一些比我们更勤奋的人，但那里的人跟我们完全不是一类。他们都是懒鬼和骗子。很少有说英语的，我听不懂他们的语言；没有葡萄酒，他们甚至不知道葡萄酒是什么；他们牢牢地黏在自己老婆身边，我发誓他们这样是有问题的，因为那些女人又矮又胖，短粗腿，奶子垂到这儿。他们吃的东西也让你反胃，我不细说了，我们吃晚饭呢。换句话说，我告诉你我在那儿唯一的朋友是一只猴子的时候，你一定可以信我：我没的选啊。甚至那只猴子也不是那么好看：他是那种脖子上围了一圈皮毛、长了一张狗脸的猴子。

“他很好奇。他来看过我干活，他做的第一件事就是向我展示了一样技能。我跟你说过了，那里一直下雨：他坐下来用一种特别的方式接受着雨水，他的膝盖抬起，头靠在膝盖上，而手紧抱着头。我发觉，当他采取这个姿势的时候，他毛发全都顺着朝下，所以他完全不会淋湿：雨水顺着他的胳膊肘和后背流下，他的肚子和脸还是干的。我自己也试了试，权当是在拧螺栓的间歇休息一会儿；而我不得不说，要是你没有伞的话，那的确是最好的办法。”

我以为他在开玩笑，于是我就答应他说，要是我哪天在热带赤身裸体淋雨，我一定会采取那只猴子的姿势，但我立刻就看到了一个恼怒的表情。福索内从来不讲笑话；若是他讲了，那也会是跟冷血动物一样冷的冷笑话。而他也不喜欢别人跟他开玩笑。

“他很无聊。在那个季节，女性都成群地待在一起，有一只强壮的年长男性带领她们并和她们做爱，而如果他看到什么年轻男性鬼鬼祟祟地在周围走动，那他们就麻烦了；年长的男性会扑上去挠他们。我同情我这只猴子的境遇，因为这其实也是我的境遇，尽管我在其他季节也没有姑娘。你明白这是什么情景，我们两个，那么孤单，有着同样的忧愁，很快我们就成了朋友……”

我的脑子里闪过一个念头：如今我们两个，又都那么孤单，忧愁笼罩着我们。我代替了猴子，我对那只如今身在远方、拥有与我同样命运的猴子感到一种全心的喜爱，但我没有打断福索内。

“……只是他没有井架可装。第一天他只是在我身边徘徊、观察。他会打哈欠，像这样，用他柔软的手指挠头、挠肚子，他还给我看他的牙齿：跟狗不一样，他们给人看牙齿是一种想交朋友的表现，但我花了好几天才弄明白。第二天他围着装螺栓的箱子打转，我不把他嘘走，他就会时不时地捡起一个，用牙咬着试试，看好不好吃。到第三天，他已经知道每个螺栓都有螺母，之后他就很少弄错：半英寸的配半英寸的，八分之三的配八分之三的，等等。但他一直没能明白，所有的螺纹都是向右转的。他始终没有理解这一点，甚至后来也没有；他会用各种方法试，方法有效的时候，螺母就会转，接着他就跳上跳下，用手在地上拍，发出些噪声；他好像很开心。你知道：我们装配工不能像猴子一样拥有四只手，甚至一条尾巴，真是太可恶了。我简直嫉妒死了。当他胆子再大一点的时候，他就会像一道闪电一样来到桁架上，脚钩住横梁，头朝下，他会以这个姿势拧螺丝和螺帽，并冲我扮鬼脸。

“我告诉你，我可以一整天都只看着他，但我有工作期限，事实就是这样。我设法在一场又一场的倾盆大雨中继续干活，只因我那几个有还不如没有的帮手什么活也干不出来。猴子本来真可以帮我，但他就像个小孩子：他觉得那是一个游戏，一个玩具。几天之后，我会示意他拿我需要的零件给我，他就会爬下去又爬上来，但他总是只给我拿最上面的，最上面的涂了红漆，因为要区分不同层级。它们也是最轻的：你能看出他有判断力。他想玩，但他不想累坏自己。但我告诉你，那三个蠢货也没比他多干多少，起码他不怕摔下去。

“今天一点，明天一点，我终于把轮滑装置安好了，当我测试两个引擎时，一开始他有些被噪声和那些自动运转的轮子吓到了。到那时我已经给他起了个名字：我会叫他，他也会过来。或许这是因为我每天给他一根香蕉，但不管怎么样他都过来了。然后我操纵控制室，他在那儿看得就像被施了魔法定住了。当所有那些红色、绿色的小灯亮起来的时候，他看向我，仿佛想问我这些都是为什么，如果我不关注他，他就会像个小男孩一样呜呜地发牢骚。唔，我无法否认，那个时候发生的事情都是我的错。那些按键太让他着迷了，这些我都看在眼里。我的意思是，我真蠢，最后一个晚上我要是把保险丝拧下来就好了，但当时我完全没想到。”

灾难正在临近。我几乎要问福索内，他怎么会弄出这么严重的疏忽，但为了不剧透他的故事，我控制住了。事实上，正如讲故事是一门艺术一样——将故事千回百转严丝合缝地编织起来——倾听也是一门艺术，它同样古老，同样精妙，但就我所知，人们从未对此给过什么标准。但每个讲述者都能从经验中认识到，每一场讲述中，倾听者都做了决定性的贡献：一个不专心或爱抬杠的听众会让所有的老师或演讲者烦躁，而友好的听众则会给他们信心。但单独的倾听者也对这种艺术作品负有责任——每场讲述都是一件艺术作品：当你在电话上讲述什么事的时候你就能意识到这一点，你会觉得气氛有点冷，因为你看不到倾听者视觉化的反应，他只能不时嘟哝一句或发出一些单音节词来表达他感兴趣。这也是作家数量少的主要原因——他们必须对着一群没有实体的听众进行讲述。

“……不，他本来没有打算将它完全砸碎的，但结果很接近了。当我在那胡乱鼓捣接头时——你知道，因为我虽不是电工，但仍是个在任何情况下都差不多要搞定所有事情的装配工——尤其是之后，我测试控制装置的时候，他一个动作也没漏看。第二天是周日，这个工作完成了，我需要休息一天。长话短说，猴子来过了，当我回工地的时候，井架像被人抽了一耳光。它还是立着的，但已经歪了，钩子钩在基座上，就像船的锚一样。而他呢，坐在那儿，等着我。他听见我骑着摩托车过来了。他看起来特自豪，天知道他以为自己干了什么。我确定我之前把这个无聊的机器升起来了，但他一定是把它放下来过：只要按一个按钮就可以，周六他看我按了很多次。而且我敢肯定他一定是挂在架子上来回荡了，尽管他兴许有半吨那么重。他荡的时候一定是把钩子甩在了大梁上，因为这是那种安全钩，有弹簧扣，一旦扣上，就打不开了。某些安全设备会不时跟你开这样的玩笑，眼前就是如此。最后，或许他意识到自己捅了娄子，就按下了升起按钮，但或许这也是巧合。整个井架都绷紧了，即使现在，想到这一幕我的血液都冰凉；三四根横梁都折了，整个塔都歪了，还好安全开关起作用了；否则它早已跟你的伦敦绞刑吏说拜拜了。”

“但损失不严重吧？”我一问出这个问题，我就从自己忧虑的语气中意识到，我站在了他这一边，也站在了那只爱冒险的猴子这一边，他或许本是想努力重现自己这位沉默的人类朋友所造出的奇观。

“这取决于你怎么看。我花了四天时间去修，还被罚了一大笔钱。但当我在那儿努力干活，将一切重新修缮起来的时候，他的表情与先前不一样了。他变得垂头丧气的，头耷拉在两肩之中，眼光一直看向别处。如果我朝他走去，他就会跑开。或许他是怕我挠他，就像那个年长的公猴、女性的主子一样……嗯，你还在巴望什么呢？井架的故事说完了。我把它竖直回来，做了所有的测试，然后我打包好行李，离开了。虽然猴子惹了这么大的麻烦，但我还是想带他一起走，但我怕到了这里他又可能会生病。小旅馆里不允许养猴子，而他本可以是我送给姨妈们的一份礼物。所以，再次看见他的脸，简直会要了我的命。”

大胆的姑娘

“妈的，不。不管他们让我上哪儿，我都会去。意大利也一样。但他们几乎不会让我去意大利的什么地方，因为我干的活太好了。别误会：但事实就是，我什么情况都能搞定，所以他们更希望我去国外；而意大利，他们会派毛头小子、老头子、担心心脏病发作的人和懒货。就此而言，我反倒乐在其中：去看世界，你总能学到新东西，同时我也能跟我的老板保持一段安全距离。”

那是个星期天，天气凉爽，空气中飘着一股松香味，太阳似乎永远不会落下，我们两人在森林里漫步，思忖着在天色暗下来之前走到河边。当风吹枯叶的飒飒声静下来的时候，你能听到河流深沉、宁静的声音，就像来自四面八方。你会不时听到一声微弱而狂暴的锤响，有时近，有时远，好像某个人在用一个充气小锤奋力地锤，想把钉子锤进树干：福索内解释说，那是绿啄木鸟，在我们的家乡也有，但禁止猎杀。我问他，他的老板有那么让人难以忍受吗？他竟要为了不见他而跑到千万里外。福索内说，不是的，其实他还不错——在福索内的语言中，“还不错”这个词含义颇广，它表达的大概是一个人兼具谦恭、有礼、专业、聪明和勇敢这些品质。

“……但他是那种遇上猫都要教它怎么挠东西的人，你明白我的意思吗……他很爱压制别人，一点自由都不给你。而如果你工作的时候感觉不到自由，那就完了；没有满足感，你还不如去菲亚特[1]干：至少你还能回家、换拖鞋，夜里跟自己老婆一起睡。这是一种诱惑，你知道吧。这是一种冒险，尤其是他们把你打发到某些国家去的时候。不，不是这个国家；这里简直让人乐不思蜀。像我说的，会有诱惑，诱惑你放弃这一切，结婚，结束这种吉卜赛人的生活。是的，这是诱惑，没错。”他颇为哀愁地重复道。

理论陈述之后显然会有实际案例。果然，片刻之后他继续说：“我刚才说了，那次老板派我去了意大利的一个地方，可以说是在意大利南方，这是因为他知道那儿有麻烦。如果你想听一个讲古怪工作的故事——我知道有些人就爱听人讲他们倒霉的事——那你就听听这个，因为我之后再没做过这样的工作，我也不希望别的装配工摊上这样的工作。首先是因为那位客户。他也是那种还不错的人。我跟你讲，他请我吃了好几顿大餐，还给我睡带床幔的床，因为他坚持把我当他家里的客人。但他不理解我们这份工作的第一要义，而你知道再没有比这更糟的了。他做蒜味腊肠生意，也赚了些钱，或许是因为他从政府那里拿了些补助，我说不好。而他脑子里正盘算着生产金属家具。只有笨蛋才会觉得客户最好是个蠢货，因为这样你就能爱干什么干什么。其实完全不是这样：正相反，一个蠢客户只会给你制造麻烦。他的设备不对，也没有什么备用零件储备；第一次出问题他就发脾气，要取消合约；进展顺利的时候他又要找你谈话，浪费你的时间。至少这个人就是这样，我觉得我就像躺

1 菲亚特（Fiat）：意大利汽车品牌。

在铁砧和铁锤之间，因为电传的另一边是我的老板，他就骑在我的脖子上。他每两个小时就要给我发一封电传了解工作状态，我必须说，那些老板，一旦过了某个年纪，就会得狂躁症，起码一种，而我的老板得了好几种。就像我跟你说的，最主要的，同时也最糟的就是，他事事都要自己亲自来，好像他坐在办公桌前用电话或电传就能操纵起重机似的。你想想！组装东西是需要一个人自主完成的工作，需要他运用自己的头脑和——这更棒——双手。因为你知道，在椅子上看一份活和在四十米的高塔上看它是完全不同的。但他还有其他狂躁症。举个例子，轴承：他只要瑞典的。如果碰巧让他发现什么人在一个工程里用了其他轴承——他总体上说属于冷静型——他就会气得脸色发青、暴跳如雷。但怎么说这都是完全没道理的，因为像我跟你说的这一类工程，这种很长但速度慢、重量轻的传送带，我完全能肯定，用什么轴承都没问题；事实上，甚至用我教父过去常做的铜套管都行——那是个费力活，他供货给迪亚托和普里内蒂 - 斯图基[1]在都灵的厂，一次只能做一个，在卡索梅楚罗路的店里做。他习惯这么叫那条路，现在那里叫卡梅拉纳路。

“因为那个老板是个工程师，所以他还有对疲劳断裂[2]的狂躁；到处他都认为可能发生疲劳断裂，我想他夜里还会梦见它。你不是干我们这一行的，可能你连它是什么都不知道。唔，这是一种反常事件，在我的职业生涯中，甚至一次可以完全

1 迪亚托（Diatto）和普里内蒂 - 斯图基（Prinetti & Stucchi）：前者为意大利跑车品牌，后者为意大利一家缝纫机、自行车、机动车制造厂商。

2 疲劳断裂：零件在交变载荷下经过较长时间的工作而发生断裂的现象。——编者注

认定为疲劳断裂的案例我都没有见过，但是，建好的东西突然裂了的时候，老板、设计师和监工总是会达成共识：他们什么辙也没有，全是装配工的错，而此时，装配工已经走得很远、不能自辩；要么就是杂散电流或金属疲劳，总之他们撇得干干净净，或起码想要如此。但别让我扯远了。那个老板最大的狂躁症在于：他是那种翻书的时候一定要舔一下手指的人。我还记得我第一天上学我的小学老师是怎么教我的，因为有细菌，这样做很不好。很明显，他的老师跳过了这一课，因为他每次都要舔一舔手指。实际上我注意到，他打开任何东西时都要舔手指：办公桌抽屉、窗户、保险箱。有一次我看见他在打开他那辆蓝旗亚的引擎盖前，还舔了舔手指。”

这个时候，我意识到，是我，而不是福索内，抓不到故事的主线，那个包含了还不错但没经验的客户和还不错但偏执狂的老板的故事。我请他讲得更清晰、具体些，但同时我们已经走到了河边，有好一会儿我们只是站在那儿，没有说话。那里更像是一个入海口，而不是一条河：它带着肃穆的淙淙声顺着我们这一边的河岸流去，这是一条由红而脆的泥土塑成的土堤，而那一边的岸则几乎望不到。在土堤边上，小小的波浪拍上去，又碎开来，干净又清澈。

“唔，也许我是有点被细节带跑了，但我发誓这是份要命的活。首先，我本不想这么说，但本地的工人都是一群蠢货：或许他们擅长挥锄头，但我也不敢肯定，因为在我看来，他们更像是懒汉一类；时刻都有人说自己不舒服。但材料才是最糟的，你在那儿能找到的螺栓，首先种类不多，其次它们能把狗都恶心吐了。我从没见过这样的玩意儿，在眼前这个国家里也没有——涉及假货的时候他们绝对不会糊弄——甚至连我跟你说过的在非洲那次也不这样。底垫也是一样：它看起来就像是他们用手指量出来的。每天都是一模一样的程序：先锤锤打打，然后雕雕凿凿；把所有东西都敲碎了，浇上能快速凝固的水泥。我会一直占着电传，因为电话也只有见了鬼的时候才能用，十五分钟之后，那台小机器就会以电传机独有的激烈方式开始打字，看起来总是很紧急的样子，即便写的都是些废话，我会在纸上读到：'你显然无视命令使用了来源可疑的材料。'要么就是一些类似的跟当前情况完全不搭界的废话，这真让我感觉进退两难。我的胳膊肘都化成了牛奶，咱们在家乡时常这么说，相信我，这不是一种修辞而已；你确实能感觉到自己的胳膊肘都软了，膝盖也软了，两手垂下来，就像母牛的乳头那么晃荡着，你简直想改行。我这一生还是稍微见过些事情的，我好多次都有过这样的感觉，而那次是最强烈的一次。你有过这样的感受吗？"

当然有过！我向福索内解释，至少在和平时期，这属于基本的人生经验：在工作上，但又不只是在工作上。毫无疑问，在其他语言中，这种"牛奶洪流"——这种情节弱化和限制了《玻璃玫瑰》（*Homo faber*）[1]——可以用更诗意的意象描述，但我再没见过比这更鲜活生动的说法。我向他指出，要经历

1 《玻璃玫瑰》：小说，作者马克思 · 弗里希（Max Frisch），也有同名电影。里面的男主人公在经历一次飞机失事后放弃工作，转而与一名萍水相逢的人一起去寻找多年前的朋友。

这种感觉，你不一定非有个烦人的老板不可。

“对，但是那个人，我告诉你，会把圣人的耐心都耗完。相信我，不是我喜欢贬低他，因为就像我说的，他其实不是真坏；他只是碰到了我的软肋——我工作的乐趣。要是他罚我一笔款，甚至让我暂时停工，我可能还高兴点，我不知道，但他不要搞那些小暗示，或是不经意地提些有的没的，之后如果你回想起来，你会觉得简直有人在活剥你的皮。我的意思是，当最后真用了瑞典轴承的时候（毕竟钱又不是我的），就好像这个项目里所有的不顺（不止这一个）都是我的错，因为我一开始不想用。但他不相信我，要么就是他假装不相信我。好吧，每次挂上电话我都感觉自己像个罪犯，但其实我真的已经全身心投入工作了。但对于所有的工作，我都是全身心投入的，你知道的，即使是最低级的活；或者反过来，越低级，我越卖力。对我来说，每份我接下的活都像初恋一样。”

在温和的落日中，我们开始顺着一条在茂密森林中不大分辨得出的小径掉头回去。福索内一反常态，自己停下了故事，安静地走在我身侧，他的手背到后面，眼睛盯着地面。有两三次，我看他吸了一口气，张开嘴，好像准备继续讲故事，但似乎又举棋不定。当我们终于能够看到宿舍的时候，他才开始讲。

“有个事情你想知道吗？有一点老板是对的。差不多是对的。那个项目的确有一些麻烦，你弄不到材料，也就是说，那个‘大统领’，那个卖腊肠的，不但不能给我搭把手，而且还浪费我的工夫。而且那里的工人的确全都一钱不值。但要是这个项目因为这各种扯后腿的事进展不顺，那责任部分也在我。或者说，在一个姑娘。”

事实上他用的是一个方言词，囡（’na fija），的确，如果从他嘴里说出来一个正式的意大利词，姑娘（ragazza），听起来会很刻意、不自然；但翻译他的用语，感觉也同样不自然。无论如何，这都是让人惊奇的新闻：在所有其他的故事中，福索内都把自己表现得像个铁汉，一个情感需求少而又少的人，一个不“追着姑娘跑”的人，正相反，只有姑娘追着他跑，不过他对她们不太上心，始终都是朝秦暮楚，从不当真，一旦工作结束，他便与她们道别，然后离去。我的注意力集中起来，竖起耳朵听故事。

“你知道，关于那里的姑娘流传着很多说法，说她们又矮又胖，爱吃醋，只有生孩子好。我说到的这个姑娘，她跟我一样高，有着接近红棕色的头发，站得跟杆子一样笔直，非常独立，这样独立的人我一辈子没见过几个。她开升降叉车。实际上我们就是这么遇上的。在我正安装的那条传送带边上，有一条供叉车通过的小路：只能勉强够两辆并排开。我看到一个姑娘开着一辆叉车下来，载着许多型铁，这些型铁稍有些往外杵；开上去的是另一辆叉车，空的，也是一个姑娘开。很显然，她们过不去；其中一个必须尽量往后倒车，留出一个稍大的空间，或者开下来的那个姑娘必须先卸货，然后装回的时候更仔细些。不行。她们两人坐在那儿，开始一门心思地骂对方。我立马就注意到她们之间积怨已久，我做好了耐着性子等她们骂完的准备，因为我也要过去。我有一辆用方向舵驾驶的小车，装着那著名的轴承，上帝保佑它竟运过来了，而我的老板也听到消息了。

“嗯，我等了五分钟，然后是十分钟。没结果。这俩人就像在鱼市一样自顾自吵着。她们用方言吵，但你几乎全都能听懂。吵到一定时候，我插了进来，我请她们让我先过去，那个大姑娘，我跟你提起的那个，她转过脸来，格外平静地跟我说：‘稍等一分钟。我们还没完！’

“然后她转过头对着另一个姑娘，镇定自若地说了一些话，这些话我不敢重复，但我发誓我听得汗毛倒竖。‘现在，’她对我说，‘你可以过去了。’说完她全速倒车，把我传输带的支柱和支架全撞碎了，我的心顿时冰凉。她开到横道尽头时，打的弯比那个尼基·劳达[1]都棒，她还是倒着开，她没有往后看，而是看向我。

“老天！我兀自想，这姑娘是个恶魔。但我已经想到，她是为我演的这一出，不多会儿，我又意识到，她故意表现得这么粗鲁，因为她已经观察我好几天了，在我往支架上放气泡的时候……”

这一表述在我听来很好笑，我请他解释一下。福索内不耐烦地用寥寥几句话解释了一下，气泡指的是水平仪，事实上，是因为里面装有浮着一个气泡的液体。当气泡完全达到某个标记的位置时，水平仪就完全跟地面平行，它被放在哪个架子或什么东西的表面上，那个平面就也跟地面平行。

1 尼基·劳达（Niki Lauda）：获得过三次世界冠军的前 F1 车手。

“比如说，我们总是说，‘在那个支架上放个气泡’，别的人就知道了。但是让我继续讲:这个姑娘的故事更重要。总之，她理解我，我是说她明白，我喜欢有自己思想的人，清楚自己工作的人，而我也理解，她在用她的方式追我，跟我搭话。然后我们的确开始谈话了，毫不曲折：我的意思是，我们上床了，一切都很平常，没什么特别的。不过，是的，我有一件事需要跟你讲：在最美的时刻，你会说，‘这是我永远都不会忘的事情，到老也不会忘，除非我死去’。你希望时间停止，就像引擎突然失灵——我指的不是床上的时光，而是这之前。那是在‘大统领’的食堂，我们并肩坐着，吃完了东西，聊这聊那；其实我记得自己那时在跟她讲我老板和他开门的德性，我把手放在左侧的板凳上，她的手就在那儿，我用手触碰她的手，她就把手放在那儿，我能够摸到，像抚摸一只猫。我告诉你，之后发生的一切都非常好，但都没有这一瞬间那么重要。”

“现在呢？”

“我发誓，你真是所有事都想知道哇。”福索内回答，好像是我叫他讲这个升降叉车司机的故事似的。“我能跟你讲什么呢？这就像坐跷跷板。娶她？不行：首先是因为我的工作，其次是因为……一个男人结婚之前要想很多，而要娶这样一个姑娘——毫无疑问，她是好姑娘，但跟女巫一样精，嗯，我不知道我说清楚了没有，但我似乎没法终止这段关系，也没法不去想。我常常去老板那里，让他把我派到那个镇上去，找借口说，我得去那儿检查检查。有一次她在都灵出现了，她来度假，穿一条旧得有些褪色、从膝盖处剪短了的牛仔裤，身边有个小伙子，属于那种胡子一直长到眼睛的类型，她向我介绍了他，好像这很正常似的，而我也就表现得像一切正常。我感到一种心痛，这儿，就在我胃的上边；我还是一个字也没说，因为这就是我们约定好的。但你知道吗？你真是个好人，让我把这些故事都讲了出来，除了你，我还从没对谁讲过。”

提瑞西阿斯

照理来说，过程不是这样的；照理来说，他才是一打开话匣子便滔滔不绝的人，讲述自己的奇遇或者不幸，一口气全倒出来，我如今已习惯了他凌乱的讲述方式，从来不插嘴，除非有需要解释的地方，我才会简短地打断一下。所以我们的谈话更偏向于独白而非对话，而且，他一直重复的口头禅、他的语言——总是含混不清——还限制了他的独白。这或许是我们这座城市中尘雾的灰色，也或许是钢制横梁或金属管——这是他故事里的真正主角——的灰色。[1]

然而那天晚上，事情的发展似乎有些不同。他有许多酒可喝，而那些难喝又浑浊的酒，起了些作用。那些酒并没有把他灌醉，说到这个（他说），干他这一行的人，绝不能有失去警惕的时刻；他必须始终保持警惕，就如你在电影里看到的间谍一样。酒没有乱了他的头脑，却多少剥去了他的外壳，击穿了他自我保留的铠甲。我从没见他如此沉静过，但奇怪的是，他的沉默带来了更多的亲近而非疏远。

他又干了一杯，不是贪杯或者品酒，更多地带着一种吞药丸的苦涩决绝。“……那么我跟你讲的这些故事，你之后要写下来吗？”

我说是的，我可能说了吧。我尚未厌烦写作，写作是我的第二职业，而就在那时，我还在想，倘若把它变成我的第

1 此段中的“含混不清”与“灰色”，原文都是 gray。

一职业或唯一的职业，说不定也还不错。他不想让我把他的故事写出来吗？别的时候他似乎很乐于如此，事实上还为此自豪。

“对啊。但你别在意。你明白这是怎么回事：并不是所有日子都一样，今天就是糟糕的日子，那种没有一件事顺当的日子。还有些时候，一个人甚至连工作的意愿都没有了。”他沉默了很长时间。

然后他继续说：“没错：就有那种什么事都出错的日子；说一个人不负责任、设计蓝图一团糟、你尽力了，还有魔鬼在吹风，说这些完全没错。这些都是真的，但你会觉得喉咙里哽着一块东西：没人能帮你摆脱这种感觉。接着你就问自己问题，有些问题甚至根本没意义，比如说，我们在这世上是为了什么？而假如就此想想，你当然不能回答说，我们来到这世上就是为了建塔。对吧？换句话说就是，你拼了命地苦战十二天，竭尽所能地投入这份工作，又流汗又挨冻又骂娘，之后却开始怀疑，这怀疑咬噬着你，接着你做检查，发现活干砸了，你简直不能相信，因为你不愿意相信，但你再检查一次，发现果然砸了，尺寸不对，然后你就想知道出了什么问题。接着一个人的思考方式就变了；他开始觉得什么事都不值得努力了，他想换一份工作，同时他又觉得所有的工作都一样，整个世界都烂透了，即使我们现在去了月球，情况也一样烂透了，没人能把它变好，更别说一个装配工了。对，这就是你可能会产生的想法……但是，你跟我说说：你们这样的人也会这么觉得吗？”

视错觉[1]总是让邻居的麻烦看起来不那么棘手，而让他的工作看起来更加可爱，它何其顽固！我回答说，这很难比较；但无论如何，因为做过跟他类似的工作，我不得不承认，能够坐下来，在一个有暖气、处于地平面高度的地方干活，是我们这类工作的一大好处；但除此之外，假如我能够代表真正的作家发言的话，我会说，我们也有糟糕的日子。事实上，这样的日子我们更常有，因为看一块金属结构是否“正在气泡上”，比看写下来的一页文字是不是恰到好处要容易；你可以带着热情写一页，甚至整本书，但接着你又发觉它不能用，它笨拙、傻气、不新颖、不完善，过度又琐碎；然后你感到伤心，开始想到他那天晚上想的那些念头，也就是，你想换个工作、换个环境、完全改变自己，甚至想做个装配工算了。但还有一种情况就是，你写了一些其实又笨拙又琐碎的东西（这是常事），但你意识不到，这种可能性更大，因为纸这种材料耐受度太好。你可以写下任何老旧谬论，它永远不会抱怨：它不像矿山隧道里的横梁，一旦压力过重就出现裂缝、摇摇欲坠。在写作这种工作中，仪器和报警系统都是不成熟的：甚至都没有信得过的跟丁字尺和垂线功能类似的器具。但假使读者觉察到有哪一页写得不对劲，那个时候就太迟了，情况会很糟糕，这也是因为，书页就是你的工作，你一个人的工作：你没有借口和托词可用，你必须全权负责。

1 视错觉：当人观察物体时，基于经验主义或不当的参照形成的错误的判断和感知。——编者注这个时候，我察觉到，他的醉意全消了，糟糕的情绪也不见了,他变得警觉起来。他不再喝酒,直直地看着我;他的脸，通常都木然、沉稳、比锅底还没表情，现在却是一种半狡黠、半邪气的表情。

“的确，这是事实。我从没想到过。想想看：对我们这样的人来说，要是控制仪表没有被发明出来，我们工作就都得靠蒙……这准会把你逼疯！”

我告诉他，作家的神经其实似乎都有些衰弱；很难下论断说，神经的衰弱是因为写作、因为上述提及的缺乏敏锐的评估写作质量的仪器，还是因为写作这份工作在特质上吸引着容易神经衰弱的人。总之，有文字资料显示，数量众多的作家都有神经衰弱或后来成了神经衰弱（“职业病”这种事总是很难说），其他的则的确在精神病院或类似机构中去世，不只是这个世纪，很久以前便是；而许多没有染上职业病的人，也生活悲惨，忧郁、酗酒、抽烟、失眠，英年早逝。

福索内开始从这个比较两种职业的游戏中获得乐趣；但直接承认不是他的作风，节制和保留才是；不过你可以观察出来，他不再喝酒了，沉默也被打破了。

“事实是，”他回应道，“每个人对于劳动都很有话说，但那些喊得最响的人往往正是那些什么经验也没有的。要我说，精神崩溃这种事，如今几乎发生在每个人身上，作家、装配工或者其他什么职业都一样。你知道谁的神经能不衰弱吗？看门人、看钟点等下班的人，还有流水线上的人，因为就是他们把其他人送进疯人院的。正好我们说到了神经的话题，你千万不要觉得——一个人自己爬到那么高的顶上，风在吹，架构还没撑牢，晃得就像浪头上的船，下面的人在你望去就像蚂蚁一样，你一只手拽着，另一只用套筒扳手工作着，要是能够有第三只手来拿图纸就好了，甚至来个第四只手调安全带的钩子：就像我说的，你千万不要觉得这对神经多么好。跟你说实话，我一时想不到有哪个装配工是在疯人院里死的，但我认识很多人，包括我的许多朋友，都病了，不得不去做别的行当。”

我必须承认，事实上，作家的职业病比较少，在另一方面也是因为，总体来说，工作时间比较灵活。

“你的意思其实就是没有职业病。”他说，尖锐地打断我，“一个人不会因为写作病倒。最糟的情况也就是，如果他用圆珠笔写作的话，他这里会长老茧。而说到事故工伤，我们最好还是换个话题吧。”

这没什么问题：他得了一分，而我也服气。但仍然是场好比赛，福索内带着一种不同寻常的想象力，说出了他的思考，基本上，这就像争论做男人好还是做女人好：唯一有发言权的应该是两种性别都尝试过的人。这个时候，虽然我意识到我这样做属于犯规，但我还是难以抗拒诱惑，想给他讲提瑞西阿斯（Tiresias）的故事。

当我告诉他朱庇特和朱诺[1]除了是夫妻外还是兄妹时，他

1 朱庇特与朱诺（Jupiter and Juno）：指古希腊神话中的宙斯与赫拉，罗马统治希腊后，他们被更名朱庇特与朱诺。

似乎有点不舒服，这个事实老师在学校一般不细讲，但这对他们的家庭肯定有某些意义。另一方面，当我提到他们的著名争论——对爱与性的愉悦感受更强烈的是女人还是男人——时，他表现出了特别大的兴趣。有趣的是，朱庇特说是女人，而朱诺说是男人。

福索内再次打断我："对，这就像我之前说过的：要下判断，你需要找个既有女人的经验又有男人的经验的人，但没有这样的人，即使时不时你就会在报纸上读到，哪个海军上校去了卡萨布兰卡，做了个手术，之后生了四个孩子。但要我说，这些都是报纸扯的淡。"

"或许吧。但那个时候似乎有个能当此任的仲裁者：提瑞西阿斯。他是希腊底比斯城中的一个睿智之人。很多年前在他身上发生了一件奇怪的事。他是一个男人，同你我一样的男人，一个秋天的夜晚——在我的想象中它又湿又冷，就跟今天晚上一样——他在横穿一片森林的时候遇上了一群缠在一起的蛇。他凑近细看，发现其实只有两条蛇，但它们又长又粗：一条雄蛇一条雌蛇（显然提瑞西阿斯眼睛很尖，因为说实话我连怎么分清巨蟒的雄雌都不知道，尤其那还是夜里，它们纠缠在一起，所以你根本看不清蛇头和蛇尾），一条雄蛇，一条雌蛇，在做爱。不知是因为震惊还是嫉妒，要么只是因为它们挡了他的道，提瑞西阿斯捡了一根棍子，给了它们一击。就这样，他感到一种奇异的战栗，从一个男人，变成了女人。"

福索内总是对有关人类起源的各种观点表现得很兴奋，他窃笑着告诉我，有一次，在离希腊不远的地方，也就是土耳其，他在树林里发现了一团纠缠在一起的蛇：不是两条，而有许多，也不是蟒蛇，而是草蛇。它们看样子真像在用蛇的方式做爱，全都纠结缠绕在一起，但他当时一点意见都没有，就把它们留在了那里。“但现在我知道诀窍了，下次让我碰上，我简直要亲自试试。”

“言归正传，这位提瑞西阿斯好像做女人做了七年，而他也享受了作为一个女人的情爱；然后，七年过去了，他又遇上了那两条蛇。这一次，知道诀窍的他故意给了它们一击：换句话说，这是为了变回男人。显然，全方位考虑之后，他认为还是做男人益处更多。但是，在我跟你提到的那场争论里，他说朱庇特是对的。我没办法告诉你原因。或许他发现自己做女人时也挺享受的，但只有在床上享受，别的时候则不然；否则他肯定要一直做女人，我的意思是，他不会再去打那两条蛇。也或许是，他觉得，顶撞了朱庇特可能后果难料。但他还是给自己惹上了大麻烦，因为朱诺被惹恼了……”

“呃，俗话说，夫妻吵架别掺和……”

“……她很恼火，就把他弄瞎了，而朱庇特什么也做不了，因为那时候显然有这样的规矩：当一个神降灾到一个凡人身上时，其他所有的神都不能解除灾祸，连朱庇特也不行。朱庇特也没有更好的东西可给他，于是赠予了他预见未来的能力。但是，你可以想见，已经太迟了。”

福索内玩弄着酒瓶，脸上带着一丝难以分辨的愠怒。“这故事不赖。人每天都能学到些新东西。但其实我不大理解这个故事的意义。你要告诉我提瑞西阿斯就是你吗？”

我没有料到会有这样直接的攻击。我向福索内解释，作家的一个特权就是在一定程度上保持含糊和模棱两可，也说也不说，自由创造，越过所有谨慎的法则。毕竟，我们所建造的塔不会撞上什么高压线；要是我们的结构散架了，没人会被砸死，它们也不需要有抗风性。也就是说，我们不用负责任，没有作家因为他的建筑物坍圮就被送上法庭或关进监狱。但我还告诉他，尽管我在跟他讲这个故事的过程中才意识到这一点，但我真的觉得自己有点像提瑞西阿斯，而这不仅仅是因为我的双重经验。在某个遥远时代，我也曾涉入天神之间的争吵；我也在道路上偶遇过蛇，而那场偶遇改变了我，给了我一种奇怪的语言能力。但此后，我在世人眼中做一个化学家，反过来却感受着自己血管里作家的血液，我觉得自己好像在身体里盛着两个灵魂，而这太多了。但他没有想得太深，因为整场对比都很牵强：在临近忍耐限度处工作，甚或越过这个限度，就是作家这种职业的乐趣所在。不像装配工，当我们作家设法超越忍耐限度，去做一个不可能的匹配的时候，我们感到很愉快，大家会称赞我们。

在另一些夜晚，我把自己所有的故事都讲给福索内听，他那时不反对，也没有问额外的问题，因此，要在这个问题里挖掘得更深，此时已经太迟了。无论如何，鉴于我是对两种愉悦都了解的专家，doctus utriusque veneris[1]，尽管他显然已经昏昏欲睡了，我仍试图跟他解释，我们所从事的三个行

1 拉丁语，与前半句意思相同。

业——我的两个和他的一个——在那些好日子里都可以给人带来满足：他的工作，还有与之类似的化学师的工作，因为这样的工作教会我们追求完整，用我们的手和整个身体思考，拒绝向倒霉的日子投降，拒绝向看不懂的方程式投降，因为只要你继续看，你就能看懂。而我们的工作最终教会了我们了解事情和面对事情：写作这份工作，因为它容许我们拥有一些创造的瞬间（尽管不多，但的确有），就像电流突然在一个关闭的电路里流通起来，像电灯亮起、转子转动。

之后我们就彼此共同拥有的好的东西达成了共识。好的是，我们都能测试自己，无须仰赖别人的测试，我们能够在工作中反思自己。好的是，我们可以愉快地看着自己创造的东西成长，横梁接着横梁，螺栓接着螺栓，稳固、确定、齐整，与目标契合；工作完成的时候，你看着它，你会想，也许它会存在得比你还长久，也许某个与你不相识的人会使用它。或许，当你老了，你能回来看它，它看起来会很美，它只有在你眼里是美的这一点也不那么重要了，你可以对自己说："也许换个人就完不成这样的作品了。"

离岸

“当然了，我年纪还轻，但我也到过一些艰苦的地方，总是因为石油的关系。他们从不会在富裕的地方挖到石油，比如圣雷莫（San Remo）或布拉瓦海岸（Costa Brava）；不会在你的生活范围内，总是在一些又脏又差的倒霉地方。我经历的最惨的事情之所以会发生，是因为他们在找石油。跟你说实话，我的心压根儿就不在这上面，因为所有人都知道，最终这东西是会耗完的，所以真的不值得费力去挖。但你知道办事的规矩：你签了一份合同以后，你就要去他们派你去的地方。再加上，说实话，那次我还挺高兴去的，因为那是阿拉斯加。

“我没有读过很多书，但我还是个小屁孩儿时，就读过杰克·伦敦写的每本关于阿拉斯加的书，且不止读过一次。我对那个地方有自己的印象；但是，原谅我当着你的面这样说，因为我去过那儿，所以我开始对印刷品失去信心了。我的意思是，我以为我能在阿拉斯加找到一个冰雪世界，午夜里有阳光，狗拉着雪橇，有金矿，甚至还有熊和狼追着你跑。那才是我对那个地方的印象，我几乎没有意识到，它一直都在我的脑海里，当他们把我叫进办公室，跟我说有一份在阿拉斯加安装钻机的工作时，我想都没多想就答应了。我签约还是因为有额外的艰苦补贴，再加上我在城市里已经待了三个月了——我跟你说过的——待在城市里不适合我。我的意思是，我能快活个三四天，找点乐子，兴许还看个电影；我找个姑娘，我们见面，我想再见到她，就带她去侃比欧（Il Cambio）吃一顿大餐，我会觉得非常棒。我也许还愿意去看望我在拉格朗街的两位姨妈，我跟你提过的……”

他没跟我提过那两位姨妈，至少他从没描述过，我可以就此发誓。我们对这一话题做了短暂的争论，双方都试图礼貌地暗示，是对方没留心。

福索内草草略过了这个问题："跳过。她们是我的一双姨妈，非常虔诚，她们会让我坐到会客厅里，然后喂我巧克力。一个很聪明，另一个没那么聪明。但我下次有机会再跟你讲她们吧。

“我刚刚在说阿拉斯加，还有我不喜欢待在城市里。我的意思是，我不能有空档。你知道，就像那种有个不大对劲的化油器的发动机一样，如果你不一直给它开大油门，它就挂给你看;同时你还在冒着烧坏拐点的风险。几天之后，我病了，我在夜里醒过来，感觉自己感冒了，但其实我没有；我好像忘记了怎么呼吸，头也痛，脚也痛，走在街上感觉好像每个人都在看我。换句话说就是，我很消沉。我甚至去看了一次公司的医生，但他只是笑话了我。他是对的，我知道自己哪里出了问题：我想要动起来。所以，我跟你讲的这一次，我甚至没问太多问题就签了合同，发现这是一个新工程后我很满意，它是美意合资，我从当地接收工作指令。所以我只要合上我的行李箱就可以了，因为我的行李箱随时处于准备好的状态，然后我就上了飞机。

“旅途没什么好谈的。过去飞行时差总是困扰我，但现在我习惯了。我换了三次机，在飞机上睡觉，到达的时候精神抖擞。一切都看上去不错：业务员在一辆这么长的克莱斯勒里等我，我觉得自己像波斯的沙阿[1]一样。他还带我去一家餐厅吃虾，有点像我们的海螯虾，只是更大一点：他说这种虾是这个国家的特产。但没有酒。他解释道，他信一个禁止喝酒的宗教，他还礼貌地暗示，我最好也不要喝酒，这对我的灵魂有益。他是个好人，但这就是他。吃虾的间歇，他还向我解释了我要做的工作，听起来蛮普通的，但你知道业务员都是什么德行：他们擅长人情世故，但说到工作，不提也罢。有一次我差点儿跟一个业务员打起来，因为他什么他妈的都不懂，净跟客户承诺一些不可能兑现的事。你知道他跟我说什么吗？干我们这一行的，可以全都搞懂，可以懂一些，也可以全不懂；但要全搞懂你得是工程师，搞懂一些也没什么用，还不如全不懂：这样你总归能有个借口。这想法可真了不得！”

由于有一些做业务员的朋友，我尽力为这一行业做了些辩解，我说这也是一个微妙的职业，通常他们知道得越多，就越不好，因为他们的销售业绩可能会下降，诸如此类。

但福索内不听理由：“不，不，我从没遇上过一个懂些什么东西的，连试着学的都没有。当然了，有些人假装很懂，但他们才是最糟的。如果你还想跟我做朋友就别跟我提业务员。相信我，他们唯一行的就是忽悠客户，带着客户去夜总会，去看足球赛；这对我们也不完全是坏事，因为有时候他们也

1 沙阿（Shah）：波斯古代皇帝的头衔。

带上我们。但一说到了解工作细节，他们就是办不到，全都是一路货色。我从没见过稍微懂点什么的。

“好吧，那边的业务员告诉我，这份工作就是组装一个井架，工作地点在大约四十公里之外，组装好后把它装上船，把船开到海上，运去一个不远的浅水区。所以我猜想，如果要把它装上船的话，那这个井架应该是非常普通的井架；我差不多要火了，因为他们大老远地把我从世界另一头带了过来。但我闭嘴没说，这不是他的错。

“天不早了。他道了晚安，告诉我第二天八点钟会来旅馆接我，载我去工作地点，然后他自己离开。到了早上，一切都好，只是早餐又是吃虾；但毕竟我还吃过更差的。一切都很好，就像我刚刚说的：八点钟，他开着克莱斯勒出现了，就在约定的地方，我们便出发了，不消一会儿就出了城，因为这个市镇很小。它不太像《燃烧的戴莱特》[1]里所描写的，我一辈子没见过比这更悲惨的国家：它看起来就像季节不对的塞斯特雷（Sestriere）或其他滑雪胜地一样；我不知道你去没去过那儿。天空很低，脏兮兮的，好像伸手就可以摸到似的，因为一旦路往高处去，你就开进雾里了。风不大，但阴冷潮湿，钻进你的衣服里，教你心情很差，四周地里的草都是又黑又短又硬，像钻头一样。放眼望去一个人也没有，只有一些肥得跟火鸡一样的乌鸦：它们看着我们路过，没有飞走，反而用脚跳起舞来，像在嘲笑我们。我们路过一座山，在山顶上，

1 《燃烧的戴莱特》（*Burning Daylight*）：杰克·伦敦的小说。

康普顿先生把营地指给我们看，它位于海岸边灰蒙蒙的雾气之中。我无话可说。你知道我的，你知道我不喜欢夸夸其谈，但我们还差着十公里的距离，而那东西似乎已摆在眼前：它看起来就像鲸的骨架，又长又黑，横放在岸边，已经生了锈，因为在那里，铁一下子就会生锈；而我在思考我该怎么在外海把它竖起来呢，我感到一阵眩晕。说起来总是容易：'去竖一个井架。'你记得另一次吧？有猴子的那个故事，听的时候你讲了伦敦的绞刑吏什么的。唔，那个井架大约是二十米高，这对我来说就挺高了；但这个，还没搭完，横在那儿，已经有两百五十米长了，就像从这儿到绿栅栏那儿，就像从圣马可广场到卡斯特罗广场[1],这能让你有个概念。工作从来没吓着过我，但那时在那里，我跟自己说，我的点儿到了。

"我们慢慢下山，先生跟我解释，有一部分阿拉斯加有雪和雪橇，但那在非常北的地方。这儿也是阿拉斯加，但差不多是一片顺着太平洋沿岸延伸下来的附属区域，像真正的阿拉斯加的一个把手。而事实上，大家都称其为锅柄。[2]至于雪，他叫我不用担心：现在正是季节，有一天会下雪的，要是没有下，从各方面考虑，对我们来说也更好。他似乎差不多已知道将要发生的事情。说到井架，他说，没错，非常大，但这就是他们派一个从意大利来的聪明人的原因。毫不谦虚地说，他就是指我。撇开关于灵魂的那一套，他真的人挺好。

---

1 圣马可广场在威尼斯，卡斯特罗广场在都灵，如果谷歌地图没错的话，两地相距大约四百千米。

2 此处指的是时常被称为"阿拉斯加锅柄"（Alaska Panhandle）的阿拉斯加州东南部。

“说话间，我们沿着弯曲的盘山路开下来，抵达了营地。一整个团队在那儿等着我们：设计师；负责项目的工程师；另外还有六个工程师，看起来乳臭未干，操一口拉美腔英语，全都留着胡子；还有一队阿拉斯加装配工，尽管他们没有一个是阿拉斯加人。有一个体形高大，是个彪形大汉，他们告诉我他是俄罗斯东正教徒，自从俄罗斯人做成了那笔大交易，把阿拉斯加卖给了美国人之后，这里仍有一批这样的人。第二个名叫迪·斯塔索[1]，非常明显，他不可能是阿拉斯加本地人。他们告诉我第三个是红皮印第安人，因为这些人擅长爬脚手架，而且什么也不怕。第四个人我不怎么记得：他挺普通的，是那种你到哪儿都能遇到的人，长了一副迟钝相。

“总工程师很能干，属于那种说得不多也从不大声说话的人；其实，说实话，我感觉理解他有点困难，因为他说话不张嘴；但你知道，在美国，学校就是这么教他们的：张大嘴说话不礼貌。但总体而言，他很能干，他向我展示了比例模型，给我介绍了我刚刚跟你提到的工作队，还告诉我让我负责整个工程执行。我们去食堂吃晚餐，不消说你也知道又是虾；然后他给了我一本小册子，上面是工作说明，他说允许我花两天时间学习。之后，我就该回到营地了，因为我们得开始工作了。在小册子里，他写明了具体每一天需要做的所有工作，有些甚至精确到具体的钟点，因为有潮汐。没错，潮汐。简直搞不懂，你可以吗？我一开始也不懂，潮汐跟这有什么关系，

1　迪·斯塔索（Di Staso）是一个意大利名字。

但后来我知道了，如果你觉得可以的话，之后我再跟你讲。”

我可以:最好还是一直顺着讲述者的思路，否则他会卡住，偏离主线。说到这里，福索内似乎状态很好，随着故事渐次展开，我可以看到他把头慢慢垂到两肩之间，他讲大事情的时候总是会这样。

“之后我们走了，我说的是康普顿和我。但我也得告诉你，我有一种奇怪的感觉：那间办公室，那个食堂，尤其是那些面孔，都像是我以前见过的。之后我意识到，这是真的：这些人和事物都是我在电影里见过的，但我没法告诉你是什么时候、在哪部电影里。我刚才说了，康普顿和我准备动身去城里：我要回旅店学习小册子里的内容，但工程师告诉我，工程一旦开始,营地里会给我留一个房间的。他说客房的时候，我一开始没理解这他妈是什么，但我也没敢问，因为理论上，我懂英语。

“接着，我们开着我那位‘先生’朋友漂亮的克莱斯勒离开了，我一路沉默，思考着这份工作。一方面，这是一份绝妙的工作，它属于那种你过后很久都还记得，也很庆幸自己做了的工作；另一方面，潮汐和要用船运井架这事一时半会难以接受。我得告诉你：我从来都不太喜欢海，不喜欢它时时都在运动的方式、那种潮湿，以及海边的空气。我就是没法对它产生信赖，它总惹我心情不好。到了某个时间段，我看到了奇怪的一幕：你可以看到天空中的太阳有些模糊不清，而且有两个小太阳，一边一个。我把它指给康普顿看，我可以看出他开始紧张了。果真，过了一会儿，尽管还是白天，天空却忽然间暗了下来，旋即下起雪来，我从没见过这样的雪。雪下得很大，起初是像粗面粉一样硬的小颗粒，接着变成了细粉尘，甚至从车的进气口飘进来，最后变成了核桃那么大的块状雪团。我们还在上坡，离营地已经有十几公里了，我们意识到情况正在往坏的方向发展。康普顿什么也没说，只是咕哝了几句。我一直盯着雨刷看，可以听出引擎的扭力越来越大，我心想，它要是停了，就够我们受的了。

“抱歉问一句，你以前干过什么特别蠢的事吗？”

我回答说干过，还不止一次。但我不理解他问这一问题的原因。

福索内继续说："我也是，干过许多许多蠢事，但没一件像他当时干的那件那么蠢。我们的车疯狂打滑，唯一能做的就是挂着二挡，不能踩刹车，不能踩油门，或许时不时可以让雨刷停一会儿。但他没有这么做，他看到一条笔直的路，又咕哝了一声，踩上了油门。车子突然转向，来了个跟士兵一样漂亮的向后转，然后车头朝着山停了下来，两个后轮陷进了沟里。引擎停了，但雨刷还是发疯似的来回摆动，在挡风玻璃上挖出两个嵌在雪里的小窗。显然这个造型不错，或许在这样的地方，他们就是会加大马力。

“康普顿穿着一双城市鞋，而我蹬了一双胶底军靴，所以我得出去看看能做些什么。我找到了千斤顶，想把它架起来；我想把左边抬起来，在沟里的轮子下面放一些石头，然后试着发动汽车回营地——反正车子已经打了个一百八十度的弯，位置便于下山，看起来车本身也没有什么损伤。但办不到：

它停在了离岩壁一英尺（约 0.3 米）的地方，所以我几乎不可能往侧面滑。当它慢慢垮下来，压牢千斤顶的时候，就更不可能了。这段时间里，雪下了好几英寸，并且正越下越大，那时天也几乎黑了。

“我们唯有听天由命，安静地坐着，等待黎明到来。我们发现了一种不被雪埋掉的办法。我们有许多的汽油，可以把发动机和加热器都开着，这样就能睡觉了。最重要的就是不要丧失理智，但康普顿立马丧失了理智：他又哭又笑，说觉得自己要窒息了，趁着天还有一丝亮光，我应该赶紧跑去营地求救。后来他甚至掐住了我的脖子，所以我就在他的胃上来了几拳，好让他冷静下来，于是他冷静下来了。但我其实怕跟他一起待一个晚上，而且你总归知道我有多害怕被束缚住、被困住。所以我问他有没有手电筒，他说有。他把手电筒给我，我就跳了出来。

“我不得不说，情况看起来很糟糕。风大了起来，而雪又变细碎了，风将雪往边上吹去；雪会钻进你的后脖颈，掉进你的眼里；我觉得呼吸困难。雪也许下了有一英尺半（约 0.45 米），但风向让雪在岩石上积了起来，车子几乎被埋住。车前灯还亮着，但也埋在积雪之下，你可以从上面看到光亮，非常暗，就像从炼狱照上来的。我敲了敲车窗，叫康普顿把灯关了，安静地待在那儿，我很快就回来。我努力将车的位置牢记在脑子里，然后开始步行。

“一开始，情况不是很糟。我跟自己说，我说到底也只不过要走十公里，如果我从两条盘山路之间的近路滚下去，路就更短。我还跟自己说，你想来阿拉斯加，你想看雪，现在都达成了，你应该开心。但十公里走得就像四十公里那么长，因为每走一步，雪都没到膝盖。虽然是在下山，但我开始流汗，心脏猛跳，半是因为大风雪，半是因为劳累，我上气不接下气，一直得停下来喘气。手电筒实际上派不上用场：你只能看到许多与地平线平行的、白茫茫的线和让你头晕的、闪闪发光的粉末——所以我把手电筒关了，在黑暗中往前走。我火急火燎地想来到平地上，因为我以为，一旦抵达山底，营地就不远了。唔，但我这么急匆匆的真是蠢，因为当我真的到了平地上时，我意识到，我不知道该往哪走。我什么样的指南针都没有：之前，我唯一的向导就是斜坡，斜坡走完的时候，我不知道该怎么办了。我被恐惧打倒了，而恐惧是头丑陋的动物，我觉得我从没有经历过比那更害怕的时刻，即使之后想来，还有另外几次情况甚至更危险。但此时，一片黑暗，大风在吹，我独自一人在一个位于世界尽头的国家；我觉得如果我摔倒了，失去意识，雪就会埋了我，四月融雪之前都不会有人发现我。我也在想我父亲，我很少想起他。

“你知道，我父亲生于1912年，糟糕的一代。他几乎经历了你能想到的所有战争——非洲、法国、阿尔巴尼亚，最后是苏联——之后他回家了，带回了一只被冻伤的脚和一些古怪的想法，后来他在德国成了囚犯，但这些我以后再找机会跟你讲。我大概可以再补充一句，正是在那时候，在他养脚伤的时候，他让我参加了生产。他从前总是说起这件事，拿这件事开玩笑。总之，这一次我觉得我有点像我父亲，他也曾被遣送，在雪里迷路，尽管他那时候是个优秀的铜匠；他曾告诉我，那时他只想在雪地里坐下来等死，但他振作了起来，一直走了二十四天，才走出敌军领地。所以我也开始振作。

“我振作起来，对自己说，唯一的办法就是动脑子。我想出了这样一个办法：如果风把雪吹向车的方向，那就意味着它是从北面来的，来自营地的方向。换句话说，我只能希望风没有改变方向，然后一直往风里走。也许我不能马上找到营地，但我会慢慢接近，至少，我能够避免原地打转——像个你打开灯时看到的该死的蟑螂。所以我一直逆着风走，我时不时会打开手电筒看看身后的脚印，但雪立刻便抹去了它们。除了仍在天空中下落的雪，我还能看到其他雪，风将它们托了起来，而风顺着地面逃进了黑暗之中，呼啸的声音就像一百条蛇嘶响。我不时还会看表，非常奇怪——我感觉自己已经走了一个月了，表却似乎没动，好像时间静止了。我想康普顿还好些，照目前这样，我们找到他的时候，他肯定不会被冻得像条鳕鱼。但我可以肯定，时间对他来说也一样漫长。

“不过我总归算幸运。走了两个小时以后，我还没有找到营地，但我意识到我正在横穿铁路，服务线。轨道当然已经看不见，但你可以看到在那边使用的用来防止雪积到铁轨上的栅栏。它们在这方面当然一点用都没有，但它们对我有用，因为它们还冒着一点在外面。于是，沿着栅栏一线，逆着风，我到达了营地。之后的事情很顺利。他们有一辆用于如他们所说的紧急情况的半履带车，我告诉你，英语真是奇怪的语言，因为下了那场雪之后，什么露在外面的东西都没了。[1]那是一头六吨重的怪物，履带有一码（约0.9米）宽，所以它不会陷进雪里，而且爬上四十度的斜坡都像开玩笑一样。司机打开了车前灯，我们马上就回到那里，找到那个地方，用铁铲把康普顿挖了出来，他正处于半睡半醒状态。或许他已经开始冻僵了，但我们反复用力晃他，给他灌了一杯酒，这虽然违背他的原则，但他不知道。我们给他揉搓、按摩，后来他就没事了。他没多说什么，但他从不是多说的人。我把车扔在了原地。

"在营地，他们给我安排了一间小屋，我做的第一件事就是向他们再要一本工程指南，因为他们原先给我的那本注定要在那辆克莱斯勒里过冬了。我累得要死，立刻就睡着了；但我那天晚上只梦见了暴风雪，有个人在夜里的寒风中穿过暴风雪，在梦中，也不知那个人是我，还是我父亲。不过，早上醒来那一刻我便想起来，我有一个紧急情况要在几天之内处理好，我要把那个特大号的东西弄上船，在两座相邻的岛之间航行大约八十英里（约128.7千米），之后把它立到海床上。瞧，要是你不介意我讲出来的话，从你的表情我就能猜到，你对这些一点都不懂。"

我让福索内放心：我向他保证，我一直都跟得上他的故事，

1 "紧急情况"英文为emergency，而"露在外面"的英文为emerge，所以福索内会说英文是一种奇怪的语言。

很有兴趣（这是真的），也充分理解了。后一点可能没有那么真，因为你必须从事某些特定职业才能理解这些。或者，你至少也应该亲眼看看。他察觉到了这一点，便毫不掩饰自己的不耐烦，翻出一支圆珠笔，拿了一张餐巾纸，说他画给我看。他很擅长画画：他按比例大略地画出井架的形状——一个梯形，二百五十米高，长的底边一百零五米，短的底边八十米，在这之上是由桁架、升降架和小塔构成的另一个网络。他在旁边粗略地画出了都灵的安托内利尖塔，这座纪念塔看起来十分悲伤；接着他又粗略画下了圣彼得大教堂，它的大小正好接近前者的一半。

"这里，"他指着短底边说，"当这个东西立起来之后，海水会漫到这儿；但他们是侧着组装的，已经把它装到了三个滑橇（sledge）上，这三个滑橇安在三个用混凝土和钢筋浇筑成的斜面上。我到那里的时候，这些工作都已经完成了。现在我也画给你看。但巧妙之处在于，也就是真正的诀窍是：你在图里看不到——井架平台的六条腿并非全都一样。我把这一侧的三条——你看见了吗？——画得更粗了一些。它们的确更粗：三截直径八米的圆筒，它们的长度为一百三十米，同画在它边上的圣彼得大教堂一样高。顺便说一句，你知道我受不了神职人员，但我去罗马的时候显然也参观过圣彼得大教堂，我不得不说，他们完成了一个伟大的工程，尤其是考虑到他们在那时候所拥有的设备。我在圣彼得大教堂不想祈祷，一分钟都没有动过祈祷的念头；但在这里，当那个精巧的设计在水里慢慢地竖直、单独立起，我们都爬到上面去摔瓶子时，唔，是的，我才真的有点想祈祷了。非常遗憾，我不知道祈祷者要说些什么；似乎什么话都不合适。但我说得有点急了。

“我说过，其中三条腿更粗一些。这是因为这三条不只是腿，还是浮筒（float），是经过仔细计算的。但还是说回我的故事。我在营地里住了下来，花了两天时间静下来读小册子，跟工程师讨论细节，并把衣服弄干。第三天，我们开始工作。

“第一件事就是安好液压千斤顶，就跟汽车用的千斤顶差不多，只是更大一些，这是最理想的检验我跟你提过的那个工作队有多优秀的方式：俄罗斯东正教徒、迪·斯塔索、红皮印第安人和那个普通路人。不用说，我说的内容他们不完全理解，除此之外，他们彼此之间也无法很好地沟通。但他们毕竟是装配工，即使只用手语，我们也总能找到办法向彼此解释。我们上手很快，如果一个人更聪明些，其他人肯定会听他的，即使他没有任何臂章。这在全世界都一样的，每次我记起我父亲，祈求他的灵魂安息，我就会想，如果军队也是这样的运作方式就好了，这样有些事情就不会发生，比如抓一个卡纳韦塞地区的铜匠，塞给他硬纸板鞋，把他打发到苏联去对着苏联铜匠开枪。如果政府也以这样的方式工作，那一开始就没有建立军队的必要了，因为战争已经没必要了，有常识的人能把什么事情都处理好。”

世人贸然对他们专业领域外的事信口开河的样子啊！我试着小心提醒，让他意识到这些话背后所潜藏的颠覆性的、真正革命性的力量。根据技能分配责任？他是开玩笑吗？这样的体制或许装配工可以接受，但其他更精细、复杂的活动呢？我毫无困难地把他引回了故事主线。

“提醒你一下，我不喜欢发号施令，也不喜欢听人使唤。我喜欢独自工作，这样我就像把自己的名字签在了完成的工程上。但你可以想象到，这份工作不是一个人可以完成的。所以我们有的忙了：在我跟你讲的那场暴风雪之后，天气又开始变得非常好，我们进展顺利，但时不时地还会降雾。我稍稍花了一段时间了解大家各自都是什么样的人，因为我们彼此不太一样，尤其是外国人。

“东正教徒体壮如牛，胡子一直长到眼睛，头发长得垂到这儿，但他干活利落，你当下就能看出他是专业的。只是你不能中途打断他；要是你打断了他，他就会乱了方向，思路崩散，必须全部从头开始。我后来发现迪·斯塔索是一个巴里[1]男人和一个德国女人的儿子，而他其实看起来也的确像某种混血儿。他说话的时候，比来自美国的真正的美国人还要难懂，但所幸他说话不多。他是那种口上总是说‘好的’，但依然照自己的办法做事的人：我的意思是，你得小心他，而他的问题是，他挨不住冻，所以他总是要停下来，他会跳上跳下，即使在塔顶上有时也这样，他会把手塞在胳肢窝下面，让我看得直起鸡皮疙瘩。红皮印第安人是个值得注意的人，工程师告诉我，他来自一个猎人部落，这个部落没有留在保留地给游客们表演，反倒众人同心，一起搬到了大城市给摩

1　巴里（Bari）：意大利南部城市。

天大楼擦玻璃。这个人二十二岁，但他的父亲和祖父已经在从事擦玻璃的行当了。我并不是说两个行业是一样的。做装配工你还需要头脑。但他是有头脑的。他仍然有一些古怪的习惯：他从不直视你的眼睛，表情从来不变，似乎非常呆板。但是他工作起来像猫一样敏捷。他说得也不多。他几乎跟腹痛一样不受欢迎，如果你批评他，他会顶嘴，甚至直呼你的名字，但所幸他有部落口音，因此你可以假装不懂，架也从来掐不起来。现在我该说那个普通路人了，但我仍没搞明白他。他真是有点笨，他花了一段时间才上手，但他很有意愿也很用心，因为他知道自己没那么聪明，他也在尽全力不出错。实际上，他也没出过太多错，我还真没搞明白为什么他的失误率能那么少。我替他感到难过，因为其他人都嘲笑他，他很可怜，像个孩子，虽然他已经四十了，而且相貌平平。我们的工作好的一点就是，总有位置给像他这样的人，他们在工作中学到在学校里学不到的东西：不过你得对他们有耐心。

“就像我说的，架好千斤顶，让平台慢慢滑进海里并不是什么特别难的工作。它不需要多努力，也不需要知识面多广，你只要付出适当的努力、具备适当的知识面就可以了。我们花了一天时间安装，然后就开始往海里推。但你千万别觉得我们只是站在那儿瞎推：有一个控制间，环境不错，有暖气，甚至还有一台可乐机、一台闭路电视和一台与操弄千斤顶的人联络的电话。你只需要按下一个按键，就能在电视屏幕上看到所有地方是不是都对准了。噢，我差一点忘了：在千斤顶和滑橇之间还有测压器，刻度盘在控制间里，所以你随时可以看到压力大小。当我坐在控制间的椅子上，坐在各种器具中间时，我想起了我父亲和他的金属板，这里一锤那里一锤，他始终靠眼力做判断，把所有的裂纹都敲出来，在那个用锯末烧炉子的昏暗小店铺里从早干到晚；我的喉咙有点哽住了。

“但我不能在里面久待，到一定时候我会跑进冷风中看平台移动。除了风、控制站油泵的嗡嗡声，以及三百米外海水冲击着码头的声响——因为雾气，你看不到码头，别的你什么也听不见。在大雾的中间，层层迷雾的中间，隐约可以看到平台在向前移，像山一样大，像蜗牛一样慢。我根据小册子上说的调好了控制装置，平台正以每分钟半米的速度往前移动。你凑近了才能看到它移动，但那又是相当壮观的景象，这让我想到千军万马迫近而无人可挡的场面，想到岩浆冲出火山，淹没了庞贝，因为我跟那个大胆的姑娘——我跟你说过的那个——有个周末一起去过庞贝。

“抱歉，但从你看我的眼神，我还是不清楚你是不是真的理解了这份工作。嗯，这个架子靠这一侧横在三个滑橇上，三个滑橇置于三条通向海里的斜轨，十八个千斤顶慢慢地将其推下海。平台本身是可以浮着的，但为了便于操作，我们计划让它滑到两个浮筒上，也就是两个钢驳船上，在我到达之前，两个浮筒就已蓄了水，被固定在指定水域的底部。一旦平台准确到达其上方，我们就会把水抽出来，让它们浮出水面，这样它们就能负起平台的重量，将其托到水面之上；接着我们就可以拖着浮筒和平台到浅水区，再次把浮筒沉下去，让平台用自己的腿立起来。

“一切都进行得很顺利。平台没磕没绊地到了那一水域，是时候把浮筒弄上来了。不行，先生。风吹了一会儿，把雾吹散了，但也开始在海里掀起浪来。我接触海的经验并不多，这是我第一份跟海打交道的工作，或者说需要我下海的工作。但我看见工程师像条猎犬一样嗅着空气，皱起鼻子，嘴里咕哝着什么，好像在说，情况要糟了。事实上，在我们本来打算立井架的那天,已经有一些大浪了。小册子里也写到了这个：如果浪打到两英尺（约 0.6 米）高以上，就不立井架了。两英尺！眼前的浪要高得多，所以我们暂停了工作。

“这一停就停了三天，什么异样的事情也没有发生。我们用喝酒、睡觉和玩牌打发着时间。我甚至教会了我的四个伙伴玩布利斯克拉[1]，因为在我跟你说的那样一个空旷的地方，刮着这么大的风，你不会想出去玩的，没人想出去。红皮印第安人让我吃了一惊：他没有看我的眼睛，用他平常的那种粗鲁态度试图跟我沟通，我明白过来，他在邀请我去他家，而且他家并不远。他说起来算是乡下人，不愿跟我们其他人一起待在客房里，他回自己家，跟自己的老婆一起住在一个小木屋里。其他人在偷笑，我没弄明白原因。我去了，因为我喜欢观察人们的生活方式，当我待在他的小屋里时，我意识到他在示意我跟他的老婆上床。他老婆跟他一模一样，眼睛看向别处，一句话也不说，我觉得很尴尬，因为那儿一块窗帘布都没有，没隐私，而且我也吓坏了。所以我不由自主地

1　布利斯克拉（briscola）：一种意大利传统纸牌。

说了几句他听不明白的意大利语，之后便离开了。屋外，其他人都等在那儿。于是我明白他们为什么要笑了，他们向我解释，在他的部落里，把自己的老婆献给上司是一种风俗。但他们说，我不接受是对的，因为这些人只用海豹油做清洁，而且频率还不高。

“当海面平静下来的时候，我们开始给浮筒抽水灌气。这是一个普通的低扬程水泵，比那边那条长凳大不了多少，而且转得很顺畅。表面上看，让它单独把一万三千吨的重量抬起来几乎是不可能的。想想看这得需要多少架起重机。但是，在两天时间里，浮筒就稳稳地浮上来了，我们将其牢牢地扎在它们的托架下面，第二天晚上，平台就浮在那了，它看起来迫切地想出海，但这不过是风力作用。我承认我有点嫉妒设计出整套设备的工程师：那种利用空气、水和时间来工作的手法。我从没想到过，但我跟你说过，水我不熟悉。其实我连游泳都不会，有一天我会告诉你原因的。

“我不会游泳，但这没所谓，因为在那片海上，没人需要下去游泳。海水是铅的颜色，而且特别冷，我搞不懂那些著名的虾是怎么活下来的，食堂一直给我们吃这些虾，有些是煮的，有些是烤的。但他们告诉我这片海里全是鱼。我们全套上了救生衣，因为这些细节小册子里也写到了，我们爬上了拖船，把船开出去，把横在两个浮筒上的平台拉在身后，就像拿缰绳牵着奶牛去市场一样。我是第一次在海上工作，我没法感到自在，但我努力不表现出来，我以为一旦我们开始竖这个架子，我的脑子里就会想些别的，这种不安感就会消失。东正教徒也很害怕，但其他三个人都没什么感觉，除了迪 · 斯塔索，他有点晕船。

“我说我们动身驶向外海，但这只是一种说法罢了：那海一点都不开阔。[1] 驶离海岸之后有一大片星罗棋布的岛屿和沙洲，海峡纵横交错，有些非常窄，平台只能调整成纵向从中勉强挤过，而我一想到万一平台卡在这里会造成的后果，就浑身冒冷汗。所幸领航员非常聪明，也知道路。我甚至进了领航员的船舱看他如何操作；他要多平静就有多平静，用无线电跟其他拖船的领航员说着话，带着一种所有美国人都有的鼻音。起初我以为他们在讨论究竟该取哪条路线，但他们其实是在讨论棒球赛。”

我对于浮筒的事情还是没有完全理解：如果平台本身可以浮着，为什么不直接在海里建，而要费这些周折呢？福索内目瞪口呆地看着我；然后像对一个热切但多少有些迟钝的孩子说话一样，带着一种不耐烦的耐心回答了我。

“如果是阿维利亚纳湖的话，你说的或许可行，但这是在太平洋上，我实在不知道为什么那些探险者在看到它一直卷着浪——连平静时都这样——之后，还会给它起这么个名字，至少无论我什么时候看它，它都是这样。而一个这么长的玩意儿，即使是钢做的，还是随便什么小东西就能弄弯它，因为它本不该横着。你细想一下的话，这有点像我们。为了睡觉，我们需要一张平铺的床。浮筒是必要的，否则，它就会有被

1　外海英文为 open sea，但福索内说的那片海一点都不 open（开阔）。

浪拍变形的风险。

“我刚刚说过，我们在一艘拖船上，起初我有点害怕，但我很快就克服了，因为我确信不会有危险。这些拖船是大机器：坐着不舒服，是的，因为它们本不是观光船，但它们很结实，设计精良，一颗铆钉都不多，登上一艘拖船的时候，你立刻能感受到一种非凡的力量，事实上，它们是用来拖那些比它们大许多的船只的，而且没有任何风暴能够阻止它们。当我们在海峡之间穿梭航行了一段时间后，我便厌烦了站在那儿看风景，眼前的景色始终是一样的，所以我下去了，进了轮机舱，去了解一下；但我不得不说，我很乐在其中，虽然说那是个房间都是在夸大，因为那里几乎连转身的余地都没有。但不仅是那些连杆，还有螺旋轴，都是我永远忘不了的。船上的厨房也是，所有的煎锅都固定在墙上，要搞定一顿饭，厨师不需要来回走动，因为所有东西都伸手就能拿到。说到这个，当夜晚降临的时候，我们停了下来，他们像在军队里一样给大家分发定量的食物，不过食物还不赖，除了把浇了果酱的虾当餐后水果拿给我们之外。然后我们爬上吊床睡觉，吊床甚至都不那么晃了，正好能摇得你睡着。

“早晨，我们驶出了那个海峡迷宫，我也能更顺畅地呼吸了。我们只需再开十二英里（约 19.3 千米）便能到那个地方，那里已经有一个装着灯和无线电的浮标，所以即使在大雾中，我们也能找到它。而那时正好有雾。我们大约是在中午到达了浮标处。我们在那里将平台同其他的浮标系在一起，这样在我们作业时它就不会自己漂走了；我们把浮筒的通风口打开，让它们沉下去一点，然后把它们拖走。我说‘我们’，但其实我还待在甲板上，红皮印第安人去弄浮筒了，因为在我们一行人中，他是受海洋影响最小的那个。这个任务瞬间就完成了；我们只听到一声巨大的放气声，好像解脱地松了口气；我们把两个浮筒与平台分开，拖船拖走了它们。

“这个时候，紧要时刻：到了我显示才干的时候了。所幸海差不多平静了下来。我换上了我能做出的最坚毅的表情，和我手下四个人一起上了一条小艇，然后爬上井架的爬梯。我们得进行检查，然后把安全杆从浮腿上移走。你知道做自己不喜欢做的事情是什么感受，但你要逼着自己去做，因为一件事要是非做不可，你就得去做，尤其你要让其他人也去做的时候，即使有个人晕船或故意把自己搞吐了——我不是没有怀疑。

“全部检查一遍是漫长的工作，但它进行得很顺利；弯曲程度没有比预计更严重。关于安全杆，我不知道我说清楚了没有。想象我的平台就像一个被锯短了的棱锥体，其中一面朝下浮着，整体由三条校准了的腿构成，它们是浮选管（flotation pipe）。我们得给这些腿在低的部分加重，这样它们就会下沉，棱锥体就会翻过来，然后竖直。要给腿加重我们需要让海水进入：它们被密闭的隔板分成几节，每节都有阀门，可以在适当的时候让空气流出、让水进入。阀门是无线电控制的，但有安全锁链，那些锁链首先需要手动打开，我的意思是，需要用锤子砸开它们。

“正在这时，我意识到，这个架子在动。奇怪：海面看起来很平静，也没有明显的浪，但平台仍然在动——一上一下，一上一下，非常轻，就像摇篮一样；我开始觉得胃里翻江倒海。我努力跟自己的胃做斗争，或许我本能够战胜它，如果我没有恰好看见迪·斯塔索的话：他两手抓着两根支撑柱挂在那儿，就像十字架上的基督一样，正从八米高的地方往太平洋里狂吐。这是给我的一记重拳。我们仍然完成了工作，但你知道是怎么完成的了：通常我希望自己工作时能稍微动作漂亮点；我就不跟你说那些细节了，但我们看起来不像猫，反而像那些你在动物园里看到的动物（我不记得名字了）——它们长了一张蠢脸，总是在笑，爪子末端有钩，动作非常慢，紧紧攀着树干，脑袋朝下挂着。好吧，除了红皮印第安人，我们四个给人都是这样的印象，我其实可以看到那些拖船上的浑蛋：他们没有鼓励我们，反而像猴子一样拍着大腿嘲笑我们。但从他们的角度来说，他们一定没错：他们看到这个特意从世界另一边请过来的大专家把套筒扳手挂在皮带上——因为这之于我们就像古时候的剑之于骑士——吐得就像个奶娃娃一样。这一定是个壮观的场面。

“幸运的是，我对于这一部分的工作准备得非常充分，而且我还让他们四个排练过；所以，除了没那么潇洒，我们只比小册子里计划的时间多花了十五分钟，我们回到拖船上，我的晕船症状立刻就消失了。

“桥上的是工程师，拿着望远镜和秒表，在操控无线电，壮观的仪式就此开始。就像看关掉了声音的电视一样。他一个个按着按键，像按门铃一样；只是除了我们的呼吸声，你什么也听不到，而我们呼吸时就像踮着脚尖一样。到了一个时刻，我们看到平台开始倾斜，就像一艘即将沉没的船一样：即使从远处，我们也可以看到支柱沉入水中时搅起的旋涡，海浪一路涌到我们这边，使拖船也跟着晃动，但我们听不到任何声音。它的斜率越来越高，平台的顶端在往上抬，最终，它站了起来，激起许多的水花。它往下沉了一点，接着便突然停住，它仍像一座岛屿，但它是由我们所造的岛屿，我无法代表其他人说什么，或许他们什么也没想，但我想到的是全能的上帝——假设他就是创造世界的人，想到他创造世界的时候，将水与干燥的陆地分开来，即便这没有太多关联。然后我们登上小艇，另一艘拖船上的人也上来了，大家一起爬上平台，砸了一个瓶子，闹了一番，因为这是惯例。

“听着，千万别把这话告诉任何人，但在当时那一刻，我有些想哭。不是因为井架，而是因为我父亲。我的意思是，那个泊在水中央的金属巨兽让我想起了我父亲和他一帮朋友一起做的疯狂的纪念像，他们每个周日打完保龄球一起干活，一次一块，他们都是老头子，有点疯癫，有点喝高了。他们都参加过战争，有些在苏联，有些在非洲，有些天知道在哪儿，而且他们都受够了战争；所以，因为他们多多少少算是在同一个行当——一个懂焊接，一个能锉磨，一个能打金属板材，诸如此类——他们决定做一个纪念像捐给镇上，但这得是一个完全反过来的纪念像：要是铁的，不能是铜的；不做鹰、荣耀的花冠和端着刺刀冲锋的士兵，他们要做一个‘无名的面包师’像，没错，发明长面包的人。他们决定用铁来做，用沉甸甸的黑钢板，实际上，就是焊接和用螺栓组装。他们真的完成了，它又好又坚固，很不错，但要说外观，最终却不很理想。所以市长和牧师不愿收,最后它没有立在广场中央，而是被放在一个酒窖里，在一瓶瓶好酒之间生锈。”

打铜

“我父亲撤退的时候待过的地方肯定离这里非常近。但不是同一个季节。他曾跟我说过：在那里，壶里的酒都会结冰，弹药筒上面的皮都会剥落。”

我们逛到了一个林子里，那是一片秋天的森林，被意想不到的颜色装点得十分灿烂:金绿色的落叶松，松针正开始落；暗紫色的山毛榉；还有暖棕色的枫树和橡树。桦树枝此时已完全脱光了叶子，你不禁要去摸一摸它们，就像摸小猫一样。林间的灌木低矮，落叶还很稀疏。脚下的地坚实而有弹性，好像被压实了，我们的脚步踩出的声音有些奇怪。福索内向我解释，如果你不让树木生长得过密，林子便可以自我清洁：那些大大小小的动物会料理的，他让我看泥里被风干的野兔脚印，橡树树干上红的、黄的斑秃，还有犬蔷薇，里面有一只小虫在睡着。他对植物与动物的这种如数家珍，让我多少觉得惊奇，但他提醒我，他并非天生就是装配工。他最快乐的童年回忆里有顺手牵羊、农地里的小偷小摸、组团扫荡鸟窝或蘑菇；自学动物学；陷阱的理论与实践；跟卡纳韦塞地区不装腔作势的人一起吃圣餐，内容包括蓝莓、草莓、覆盆子、黑莓和野芦笋——这些都因为无视大人的种种不许所产生的小兴奋而变得异常有趣。

“是的，因为我父亲曾经跟我说，”福索内继续讲，“从我还是个孩子时起，他就希望我能结束学业，来作坊里跟他一起干。换句话说，就是像他一样。他九岁的时候，已经在法国学手艺了，因为那时候所有人都是那样的；在那个山谷里，所有人都是铜匠，而他一直工作到临死的那一刻。他以前常说：他得手上握着锤子死，这也是他后来去世时的情形，可怜的人。但这也不一定是最坏的死法，因为许多人在不得不放弃工作之后，就放任自流、开始酗酒或自说自话，我相信，他也会像那些人一样，但像我说的，他没等到这一时刻就先死了。

“除了他们把他抓进监狱，送去德国那时候外，他所有时间都在敲打铜，别的什么也不干。铜板，他们用这样的铜什么都做得出来，那时候不锈钢还不流行：锅、平底锅、水管，连用来私酿格拉巴酒的违法酿酒设备都可以。在我们那个镇子上——因为我也是在那儿出生的，在战争时期——你最常听到的就是敲打声。他们做得最多的是做饭的锅，大大小小都有，在里面镀上一层锡，因为这是祖传的手艺，斯塔格尼诺[1]——做锅并为其镀锡（镀斯塔格诺）的人——的工作；许多人的名字还是斯塔格诺或马格尼诺，也许他们都没有意识到这是为什么。

“你或许不知道，当你敲打铜的时候，它会变得更硬……”

我知道。而且随着我们交谈深入，我发现，尽管我从没用锤子敲打过金属板，但我对铜其实早有了解，这了解中，有爱，有恨，有静默和激烈的战争，有热情和厌倦，有胜利和失败，其间你了解到越来越多微妙的东西，就像人一样，如果你跟

1 斯塔格尼诺与斯塔格诺均为意大利语，前者是意大利语中的锡匠（stagnino），后者是锡（stagno）。

他们一起生活得久一点，你就能料到他们要说什么话、做什么事。我了解，没错，我了解铜柔韧可塑的性质，它是能磨成镜的金属，是属于维纳斯和金星的金属[1]；我了解它温暖的光泽和危险的味道，它变成氧化物后温和的蓝绿色，以及它经化学反应变盐后透明的蓝色。通过双手，我非常清楚地了解，铜是如何变硬的；当我把这些告诉福索内的时候，我们开始感到，好像跟对方是有些渊源的。铜被虐的时候——我的意思是，敲锤、拉伸、弯曲、压缩——它也表现得跟我们一样：它会发生晶体生长，会变得坚硬、粗粝、具有敌意。福索内会说 arvèrs：敌对。我告诉他，我或许能够向他解释这一现象的原理，但他说这对他来说不重要，而且，如他提醒我的，不一定每次都产生一样的作用：正如我们人类彼此也不尽相同，面对困难的时候我们会有不同的表现，所以，有些材料——比如毛毡和皮革——用锤子敲能够提升质地，铁也是一样，如果你用锤子敲打它，它会把杂质吐出，变得更强韧。我告诉他，事实上，它会变成熟铁；并且总结道，你要慎用比喻，因为比喻或许诗意，但它说明力不强，所以在从比喻中导出富有教育意义或启迪心灵的道理时，你必须谨慎。教育者该以铁匠还是以酿酒工为榜样？前者粗野地猛击生铁，赋予其形状和优等的品质；后者以酒促成相同的结果，他把自己和酒分开来，将酒关在酒窖的黑暗之中。母亲是效仿鹈

1　此处原文是 metal of Venus，Venus 既是维纳斯女神，也是金星。在神话中，维纳斯是铜的代表；古代人还将七个天体和七种金属联系在一起，金星对应的是铜。

鹕好，还是效仿熊好？前者会一根根扯下自己的羽毛，把自己扒光来把巢弄得松软，供幼鸟栖住；后者会赶着幼崽爬上冷杉木，把它们抛弃在树上，然后头也不回地离去。哪种是更好的教育方法？淬火，还是紧随其后的回火？要慎用类比：它坑了医学几千年；如今的教育方法多如牛毛，吵了三千年，我们还不能确知到底哪种最好，或许也是它的错。

总之，福索内告诉我，铜板一旦变硬（换句话说就是，不再“有延展性”了，锤子对它已经不起作用了），就需要退火，也就是，在八百摄氏度左右的温度下加热几分钟，使其重获之前的柔软度。结果是，冶金工的工作就是交替地加热、敲打，敲打、加热。这类事情我多少知道一些，但另一方面，我对于锡没有同样久的熟悉度，我只在某次短暂的年少探险中对其有过了解——此外就只知其基本的化学性质；所以我带着兴趣倾听他所提供的信息。

“锅做好了，工作还没有完成，因为，你知道，我举个例子，你如果在一个纯铜锅里做饭，之后就会生病，你和全家人都会；说到这个，我父亲五十七岁不到就去世，或许也是因为铜已经进入了他的血液循环。这一故事的要旨是锅的内壁必须要镀锡，即使你理论上知道这是怎么操作的，你也千万别以为这非常容易。理论是一回事，实践又是另一回事。嗯，长话短说，首先过硫酸，假如你着急的话，硝酸也行——但只要一小会儿，否则这锅就废了——接着用水洗，然后用煮过的酸（cooked acid）去除氧化物。”

这对我是个新词。我让他给我解释一下，但我绝没想到，这样做竟揭开了一个旧伤疤，因为原来福索内自己也不知道究竟“煮过的酸”（acid cheuit）是什么，而他不知道的原因是他自己不肯学。他跟他的父亲之间有些小争执，换句话说，因为那时，福索内十八岁，已经厌倦了在村庄里生活、日复一日地做锅。他想去都灵，想在蓝旗亚工厂找个工作，他的确做到了，但他没做多久。说起来，这场争执的起因正是煮过的酸，起初他父亲很生气，后来逐渐知道自己拿儿子没办法的时候，也不说什么了。

“话说回来，你用盐酸当原料；然后加一些锌和一些氯化铵一起烧，别的我就不知道了。你想知道的话我可以去问问。但你没打算给哪个铜锅镀锡，对吧？但愿没有。无论如何，那只是一部分。酸在煮的时候，你得把锡准备好。处女锡：一个冶金匠是正派还是滑头你从这里就能看出来。你需要处女锡，换句话说，纯净的锡，就像刚从锡的老家运来似的，不是熔锡，熔锡其实就是一种铅合金。我告诉你这些是因为有冶金匠用熔锡镀过锅。有些还跟我是同一个镇的，完成的时候，你看不出来。但买的人呢，他们用含铅的锅烧了大概二十年的饭，铅慢慢地混进他们所有的食物，那会造成什么后果呢？你自己回答这个问题吧。

“嗯，我刚刚说到你要把锡准备好，烧热但别太热；否则它的形状会变得像一块红色的面包皮，你就白费了材料。你知道，现在这很容易了，但那个时候温度计是有钱人才有的东西，估测温度要用眼睛看，要么就靠吐口水。不好意思，但这没法用好一点的斯文词表达。口水会发出嘶嘶声甚至溅回来，凭这些你就能判断出来。这时候你把苦西（cucce）拿出来，它就像一大绺大麻，我都不知道它用意大利语怎么说，你把锡抹在铜锅上，就像有的人在碟子里面涂黄油一样。我说清楚了吗？你一抹完，就马上把它插进水里，否则，锅不显精细，也没光泽，锡看起来会有点糊塌塌的。你看，这也跟其他工作一样，有大大小小的窍门和技巧，不知是哪个福索内，在时间开始之初发明了它们。要把所有的细节都讲给你听需要一本书的篇幅，这样一本书是没人要写的，说真的，可惜了。其实，现在这么多年过去了，我有点后悔跟父亲吵了那一架，后悔自己那样顶了他的嘴，还让他说不出话来，因为他逐渐了解到，这个行当，始终都在用同一种方法工作，像世界本身一样古老，终是要跟他一起死去的，当我跟他说我一丁点儿都不在乎什么煮过的酸时，他沉默了，但那时他便感到自己的某一部分已经死了。因为，如你所见，他喜欢自己的工作，我现在能体谅他了，因为如今的我也爱我的工作。”

这才是中心主题，我意识到福索内是知道的。如果除开那些命运能够赠予一个人的神奇的和彼此独立的时刻，热爱自己的工作（很可惜，这样的荣幸归于少数人）代表了最好的、最具体的人间幸福的形式。但知道这一真理的人为数不多，这一无穷的领域，le boulot（工作）的领域，il rusco（日常工作）的领域，比南极洲还不为人所了解，因为一个悲哀而神秘的现象——那些说得最多、最响的人恰好正是那些从没有涉足过它的人。歌颂劳动——在官方仪式中总会有人发表阴险的浮夸演讲——所基于的考虑是，一首赞歌和一枚奖章比提高薪水所需的花费要少得多，这样的手段也更有成效。也存在一种与之完全相反的论调，不过这样的论调不愤世嫉俗，但极其愚蠢，它倾向于贬损劳动，把它描述成低贱事务，好像不只在乌托邦中，在此时此地，不管是我们自己的还是他人的劳动，都是能够免却的；好像任何懂得如何工作的人都天生是奴仆，好像，与之相反，那些不懂得如何工作、对此一知半解或根本不想工作的人，由于同样的原因则是自由人。让人悲伤的事实是，许多工作都不那么招人喜欢，但一涉及这一领域，就怀着一腔先入为主的厌恶也是有害的。他自己做出了这一裁决，终身固执己见，他恨的不只是工作，还有他自己和这个世界。我们能够也必须斗争，来了解，劳动的果实还在那些劳动者的手中，工作不会变成惩罚；但热爱工作，或反之，憎恶工作，则是一种内在的遗产，它很大程度上取决于个人的人生履历，而不像一般人所认为的，那么受他做的工作在产业结构中所处位置的影响。

福索内好像捕捉到了我思绪的起伏，继续说道："你知道我的名字是什么吗？蒂诺（Tino），跟许多人重名。但我这个蒂诺是利贝蒂诺（Libertino）的缩略。我父亲上报我的出生时，真心想给我起名利贝罗（Libero）。[1] 市长虽然是个法西斯主义者，但是我家的朋友，允许我们起这个名字，但镇书记态度强硬。这些都是我母亲后来告诉我的。这位书记说没有圣利贝罗（Saint Libero）这号人物，这个名字太奇怪了，他不

1 福索内说的这两个名字，词根都是 liber，意为自由。

想惹麻烦。他们需要省级法西斯政府的许可，甚至罗马那边的许可。这当然全是扯淡；其实是，为了确保自身安全，他想把利贝罗这个小词——‘自由’——排到他的记录册之外。最终，没办法了;长话短说，我父亲决定退一步，用利贝蒂诺，因为，这可怜的人，他没有意识到这个名字的意思是‘浪荡子’(libertine)。他以为这跟某个人名叫乔瓦尼而别人都叫他乔瓦尼诺是一样的。所以我就用了利贝蒂诺这个名字，每个碰巧扫见我护照或驾驶证的人都会拿我消遣一番。也是因为，我一年又一年地满世界跑，真的沾染了点浪荡气，但这是另一回事，而且你自己必定也已经看出来了。我是个浪荡子，但这不是我的专长。这不是我存在于这个世界的原因，尽管假如你问我为什么会在这世上，我也会想破脑袋都想不出答案。

“我父亲想给我起名利贝罗是因为他希望我自由。不是说他有什么政治上的理念；他唯一的政治理念就是反对发动战争，因为他曾经历过战争。对他来说，自由的意思就是不必在老板手下工作。每天十二个小时在自己被煤烟熏得焦黑、冬天冷如冰窖的铺子里干活也行——就像他一样，当个移民也行，驾着四轮马车像吉卜赛人一样四处游走也行，但千万别在老板手底下干活，别在工厂里干，不要一辈子只重复一个动作，困在流水线上直到什么也干不好，最后他们付给你遣散费和退休金，你坐在公园长凳上度过余生。这就是他为什么不让我去蓝旗亚，他内心希望我留在他的铺子里，结婚，生子，把手艺传下去。听着，我直说好了：我现在干得不错，但如果我父亲没有时而温和、时而严厉地逼我放学后来铺子里跟他一起干活，摆弄熔炉的曲柄，学习如何把三毫米的板材做成半球——千真万确，全靠感觉，连参考模型都没有——像我说的，如果我没有在我父亲铺子里接受这样的训练，如果我对学校里教的东西心满意足，你可以打赌我现在一定还困在流水线上。”

我们来到了一片空地上，福索内把一些细小的田埂指给我看，它们在地里勉强可见，那是鼹鼠精致的迷宫，新土堆成的圆锥形小土堆点缀其间，这是它们夜间转移时刨出来的。就在之前，他还教会了我如何辨认隐藏在田野凹陷处的云雀窝，并给我看了一个构造巧妙的榛睡鼠窝，它形状看起来像个手笼，半掩在低矮的落叶松木丛中。后来，他突然不说话了，拦住我，把左手手臂像条挡板一样横到我胸前，右手指向草丛里的一阵微动，它就在离我们走的小路几步之外的地方。蛇？不，在一片压实了的泥土上，发生了一件稀奇的事：一只刺猬正小心翼翼地前进，中间有短暂的停顿，之后又继续往前，在他/她身后，跟着五个小刺猬，就像玩具火车头拖曳着几个小小的车厢。第一只小刺猬咬着领头者的尾巴，其余的也一样，咬着前面那一只的小尾巴。引导者在一只大甲虫面前做了短暂的停留，用一只爪子将其翻了个四脚朝天，然后将它咬进了嘴里。小刺猬们乱了秩序，四处乱爬；然后领头者退回到了一片灌木丛后面，其他的刺猬便都跟他钻了进去。

黄昏，原本布满云的天空清朗了起来；就在此时，我们觉察到远处有一声声悲鸣，一如常有的情况，我们意识到自己其实早已听到了那声响，只是没往心里去。它以一种几乎均匀的间歇重复着，来自哪个方向则无从辨别，但我们后来发现了，它在我们头顶的天空上，那是列阵飞行的鹤群，一只跟着一只，在苍白的天空中画下一道长长的黑色线条：就好像它们正为不得不离开而悲泣。

"……但他活到了看我走出工厂、干上如今这个行当的时候，我想他是开心的。他从没这样跟我说过，因为他从来都话不多，但他用其他的方式让我知道了。看我时不时地出远门，他肯定羡慕，但那是一个正派人的羡慕，不像你想要别人的运气时的那种嫉妒——因为自己得不到，就希望他遭遇各种祸事。虽然公司还是从你身上赚钱，但他也会喜欢我做的这种工作，因为他们不会剥夺你的成果：它就在那儿，它是你的，别人抢也抢不走。他明白这些，从他站在那儿，看着他刚做完并擦得锃亮的酿酒器的样子就能看出来。顾客来取时，他会像爱抚一般对器物摩挲一阵，你可以看出他的悲伤。如果对方住得不怎么远，他会时不时地骑自行车去拜访，借口说他是来确认东西是不是好使的。他会喜欢我这份工作，出差也是原因，因为在他那个时候，你没有太多旅行的机会，所以他出过的远门很少，体验也很糟。说起他在萨瓦当学徒的那一年，他会说，他记得的只有冻疮、耳光，还有他们用法语跟他说的那些粗话。然后就是苏联、军队，你可以想象那是什么样的旅行。但是——可能在你听来很怪异[1]——他跟我说过许多次，他一生最美好的一年是在墨索里尼垮台之后、

1 之所以这么说是因为莱维是在此期间（1944 年 2 月）被送进集中营的。

巴多利奥（Badoglio）政府执政期间，当时德国人占领了一切，在米兰兵站抓住了他们，缴了他们的枪，把他们塞进了运牲畜的车厢，然后用船送去德国做工。你听到这些会觉得很惊奇吧？但懂一门手艺总会派上用场。

“最初的几个月他都得勒紧裤腰带过日子，但这些都不消我跟你说。他不想签名支持墨索里尼的法西斯共和国，然后以这样的方式回到意大利。整个冬天他都手拿着铁镐和铁铲工作，这段生活惨透了，这也是因为他没有衣服可穿，他还穿着军装。他是以一个技工的身份登记入伍的；到三月份，他快要完全放弃希望了，但这时，他们叫他出列，并安排他在一个铺子里当水管工，去了那里之后日子就已经稍微好过些了。但后来他们又想找火车司机，而他不是。但他懂一些锅炉的知识，而且他认为自己什么都能学会。所以，尽管他一句德语也不会说，但他还是站了出来，因为人在饥饿的时候，都会变聪明。他很幸运。他们把他安排进了烧煤机车，那种过去用来拉运货车厢和逢站必停的慢车的车头，他给自己找了两个女朋友，在线路两端各一个。不是说他是多么胆大的人，而是据他所说，这在当时非常容易；所有的德国男人都当兵去了，女人们都追着你跑。你也能想到，他一直没有坦白把整个故事都讲出来，因为在他当俘虏时他已经结婚了，还有一个小孩，也就是我；但到了周末，他的朋友们会顺路来我们家喝杯酒，东一句、西一句，不时露出笑嘻嘻的模样，我们也就不难猜出来了——也是因为我看到他的朋友把牙都快笑掉了，而我母亲，一脸难色，苦笑了一下，把脸别了过去。

“我理解他，因为那算是他人生中一段得以稍做逃离的时间。实际上，假如他没有找那两个在黑市上混并给他送来食物的德国女朋友，他也一定像许多其他人一样，得肺结核死了，我母亲和我，也就是另一番凄苦光景了。说到开火车，他说那比骑自行车还简单：你只要注意信号，如果有空袭就踩下刹车，把东西全扔下，逃进田野里就是了。唯一麻烦的就是降雾的时候，或者有警报，德国人自己故意制造烟雾的时候。

“言归正传，他到线路终点的时候，不会去铁路员工宿舍，他会在口袋里、包里装煤，用衬衫包煤，然后全都给轮到了的那个姑娘，因为煤是他唯一能送的东西，她会给他做晚餐作为回报，第二天一早，他又会离开。就这样来来回回一阵子以后，他发现另一个意大利司机恰好也在同一条线路上工作，他也是战俘，是从基瓦索来的技工，但他开的是夜间运货的车。两人只有时不时地在线路两端能够见上一面，但因为是来自相邻的镇上，他们还是成了朋友。基瓦索来的那个人没能照料好自己，总是面有饥色，因为他能吃到的只有铁路提供的东西，所以我父亲把一个姑娘转给了他，无偿，只是出于友谊，此后，这两个男人就一直走得很近。他们都回家后，这个基瓦索人每年都会来拜访我们两三次，圣诞节还会带火鸡给我们。渐渐的，我们都开始把他看得像我的教父一样，因为那个时候，我那位给迪亚托工厂做铜套管的真正的教父，已经去世了。换句话说，他想报答我父亲，实际上，正是他在几年之后帮我获得了蓝旗亚的工作并说服我父亲放手随我去，后来他又介绍我去了我做装配工的第一家公司，尽管我在那儿一开始也不是装配工。他还活着，而且不是很老。他很有头脑，战后他开始饲养火鸡和珍珠鸡，而且赚钱了。

“但我父亲做回了自己的老本行，在铺子里打铜，这里一锤，那里一锤，始终准准地打到位置，这样铜板就都能保持一样的厚度，褶皱也会被抚平，他管褶皱叫 veje，老女人。企业里有一些好岗位，尤其是车身制作方面的，工作内容也大同小异，他们想聘他；我母亲每天都在劝他答应，因为薪水不错，有健康保险、养老金以及其他种种。但他连考虑都不考虑，他说老板连给的面包都有七块硬皮，而且做鸡头好过当凤尾：他是那种讲话喜欢用谚语的人。

“但这时镀锡铜锅已经不时兴了。没人买铜锅了，因为你可以在商店里花更少的钱买到铝锅，后来又有不锈钢锅，还有那种上了特别的漆、煎牛排时不至于煎得太硬的锅。这样家里就没什么进项了，但他还是不愿改变，所以他开始给医院做高压灭菌锅，做手术的工具就是在这里面消毒的，它也是铜做的，但里面镀银而不镀锡。正是在那时，他和他的朋友们想到了我跟你说过的那个主意，给面包师塑纪念像；被拒绝之后，他非常伤心，喝酒开始喝得多了。他不再那么长时间地工作了，因为订单非常少；空闲时间他就做点其他东西，试些新样子，只为享受其中的乐趣：架子、花瓶。但他不拿去卖，他把它们放起来，或送给别人。

“我母亲是个好女人，常去教堂，但她对我父亲不好。她什么都不对他说，但她很强硬，你可以看出来她不很尊重人。她没有意识到，对这个人来说，一旦工作结束，一切都结束了。他不希望世界改变，而由于世界就是要改变，如今还变得更快了，他就无心再去追赶，所以他忧郁了，就此消沉下去。有一天，他没有回家吃午饭，我母亲发现他死在了铺子里，手里拿着锤子，就像他常说的那样。”

酒和水

我没想到在九月末的伏尔加河下游会遇上这样的暑热。那是周日，宿舍已经热到不适宜居住的地步了，行政部门给每个房间都安装了一个可怜兮兮的电扇，又吵又无用，空气的流通全靠角落里的小窗户，它只有一张报纸大小。我向福索内提议去河边，我们可以顺着河流往下游走，一直走到遇见第一个登船站为止，然后去搭第一艘开过的船。他同意了，于是我们动身出门。

走在拉船路上的时候感觉还算凉爽，水出乎意料地清澈，却散发着一种苔藓和沼泽的气息，这让我们越发觉得新鲜。一阵微风吹过河面，让它皱出小小的波，过一段时间风又会改变方向，这样就会从陆地上吹来一阵晒热的风，中间混杂着被太阳烤过的泥土的气味。同时，在刚刚恢复平静的水面下，你可以看到一些被淹没的乡村房舍混乱的风格。这不是什么遥远事件的后果，福索内解释道：不是什么神之惩罚，也并非这些房舍属于罪人之村。这只是那个七年前建的巨型水坝造成的影响，将视线越过河道弯曲处，你可以稍稍看到它，它后面是一个已经积蓄了五百千米长的湖——或许说海更合适。福索内对这个大坝感到非常骄傲，仿佛是他建造的一样，然而他做的其实不过是架了一台起重机。这台起重机也是某个故事的主题：他答应我说挑个日子讲给我听。

我们九点左右走到了登船站。登船站分为两部分：一部分是岸上的石造建筑，另一部分是厚木板做的，准确说来是漂浮在水面上的一艘带顶盖的驳船。在两部分之间有舷梯，它在两者末端接合。眼见之处空无一人。我们停下来查询时刻表，它贴在候船室的门上，字迹工整，但有好多涂改和更正。少顷，我们看到一个小个子的老太太进来，她迈着小而稳健的步子向我们走来，没有看我们，因为她正忙着织一件两色的毛衣。她从我们身边走过,在角落里找到了一张折叠椅，她把折叠椅打开，在贴着时刻表的门边坐下来，整理着身下裙子的褶皱。她继续织了一会儿，然后看着我们笑了笑，告诉我们，研究那张时刻表没有用，因为它已经过期了。

福索内问她是什么时候过期的，她含糊地答道，三天前，甚至可能是一个星期前。新的时刻表还没制订出来，但船还是照样运营。我们想去哪里？福索内有些尴尬，回答说，这对我们来说没差别，什么船我们都可以坐，只要它晚上回来。我们只想寻一点凉爽，在河上游逛一会儿。老太太严肃地点点头，然后给我们提供了一个有价值的信息，现在正有一艘船开来，并且立刻就会起航去杜布罗夫卡（Dubrovka）。有多远？不远，一个小时的路程，也可能是两个小时。但我们有什么好在意的？她带着欣喜的笑容这样问我们。我们不是在放假吗？嗯，杜布罗夫卡正适合我们：有树林，有青草；能买到黄油、芝士、鸡蛋；而且她的一个侄女也住在那儿。我们想要一等票还是二等票？她就是售票员。

我们协商了一下，决定买一等票。老太太放下毛线活儿，穿过一扇小门便不见了，又在窗口重新出现。她翻了翻抽屉，给了我们两张票，即使是一等票，也非常便宜。穿过那道活动的连接桥，我们踏上了那艘驳船，在那里等待着。这艘驳船上也很冷清，但不一会儿，就来了一个高瘦的年轻人，坐到了离我们不远的板凳上。他穿得很简单，一件在手肘处打着补丁的旧夹克，一件开襟衬衫。他没有行李（说到这个，我们也没有），他一根又一根地抽着烟，好奇地打量着福索内。

“唔，他一定注意到我们是外国人了。”福索内说。但三根烟之后，年轻人走了过来，跟我们打招呼，同我们攀谈，自然是用俄语。短暂的交谈之后，我见他抓着福索内的手，与其说热情地握着，还不如说用力地绕圈儿摇，就像大家在发动机发明之前摇老车的曲柄一样。

“我发誓我本来一定认不出他来，”福索内跟我说，“他是六年前帮我为大坝装起重机的一个工人。但我现在想想，我好像的确记得他，因为那时天冷得能把骨头都冻裂，但他丝毫不在意。他干活不戴手套，穿得跟现在一模一样。”

这个苏联人看起来很开心，好像找到了失散的兄弟一般；但福索内则相反，还是没有卸下拘谨，他听对方滔滔不绝地说着，像在听收音机里的天气预报一样。此人说话语速很快，我艰难地听着，但我注意到，他说的话中，拉斯尼查（rasnitsa）这个词频繁出现，这是我认识的少数几个俄语词之一，它的意思是“不一样”（difference）。

“这是他的姓，”福索内向我解释道，“大家其实也是这么叫他的：‘不一样’。他在跟我说，在整个伏尔加河下游地区，他是唯一一个用这个姓的。他肯定是个人物。”

不一样摸遍了自己所有的口袋后，掏出了一张小身份证，皱巴巴、油腻腻的；他叫我和福索内看，照片的确是他本人，他的名字也的确是他刚刚说的：尼古拉·M. 拉斯尼查。之后他立刻宣布我们是他的朋友，或不如说，客人。实际上，巧的是，那天正好是他的生日，他其实打算以一次乘船远行来庆祝。好吧，我们决定一起去杜布罗夫卡。他在等船，船上有两三个从他们村里来的朋友要一起为他庆祝。对我来说，跟苏联人打交道的经验——比那些跟工作有关的稍微不正式一点——想想也不算不愉快；但我在福索内脸上看到了一道透着忧虑的阴影，他原本是那么面无表情。一小会儿之后，他用嘴角跟我低声说："事情看起来不妙。"

船来了，是从大坝的方向过来的，我们两个掏出了各自的票等待检票。不一样恼了，他告诉我们，买票真是大错特错，尤其是买一等票和往返票。我们不是他的客人吗？他想邀请我们一起出游，他是船长和全体船员的朋友，在这条线路上，不论是为自己还是为客人，他都从来不掏钱买票。我们上了船，这艘船也一样冷清，只有不一样的两个朋友坐在甲板上的一条长凳上。他们是两个巨人，长了一副凶煞囚犯脸，除了在一些意大利人拍摄的美国西部片里，我从没见过这样的脸，无论是在苏联还是其他地方。一个身材肥硕，裤子挂在肚子下面紧紧勒着的皮带上。另一个瘦一些，长了一张麻子脸，下颌凸出，是个地包天；这一特点让他看起来像条獒，与他的眼睛风格刚好相反，他的一双眼睛虽然也有点像犬科动物，但颜色是温和的褐色。两个人身上都有一股汗臭，并都醉醺醺的。

船又起航了。不一样向他的朋友们解释了我们是什么人，他们说蛮好的，人越多越高兴。他们叫我坐在他们中间，而福索内跟不一样一起坐在对面的长凳上。胖男人带着一包东西，裹着报纸，用细绳仔细扎过；他打开这包东西，里面是几个乡村三明治，中间夹着背膘肉。他把三明治分给大家，然后自己下了甲板，回来的时候手上拎着一个锡桶，这个桶之前显然是个油漆罐。他从自己的口袋里取出一个铝杯，满上了桶里的液体，并邀请我喝。这是一种带着甜味的、劲儿很强的酒，有点像马沙拉白葡萄酒，但更烈，且莫名有些涩口。我尝过后认为这酒无疑是难喝的，我看到福索内这个行家也对其兴致寥寥。但这两人不依不饶：桶里起码有三升酒，他们说我们一定要在去的这段路上把它喝完，否则还算什么生日呢？而且，不用怕：去了杜布罗夫卡，能买到更多、更好的酒。

我用我那十分凑合的俄语试着为自己推脱：这酒很好，但我喝这些就够了，我不习惯喝酒，我有重病，肝不好，胃也不好。但一点用都没有：这两个人，加上不一样的撺掇，制造了一种近乎威胁的强势劝酒，因此我不得不一杯接一杯地喝。福索内也喝，但他没有我那么危险，因为他的酒量能承受这些酒，也是因为，他的俄语比我好，能编一些更清晰有力的借口或转移话题。他没有表现出不适，说着、喝着；我的视线已经越来越模糊了，间或可以看到他波澜不惊的眼神，但无论是在分散对方注意力上还是故意表现得坚定不屈上，他都没有做出努力，整段旅程他都没有要帮我的意思。

我从来都不适合喝酒。那种酒尤其，它使我陷入了一种羞耻而无能的十分不愉快的状态。我还没有丧失清醒，但我感觉到自己站起来的能力在逐渐削弱，因此我担心着之后必须从长凳上站起来的时刻。我可以感觉到自己的舌头变得滞重，而我的视力范围尤为恼人地变狭窄了，河两岸在我眼前展开，而我仿佛是在透过膜片看风景，或者不如说，好像我的眼睛是看进了一副19世纪所使用的观剧望远镜。

鉴于上述种种原因，我对于这趟旅程一点清楚的记忆都没有了。在杜布罗夫卡，情况好了些，酒喝完了。一阵凉爽宜人的风吹过来，带来干草和马厩的气味。犹豫地走出几步之后，我觉得安心了些。大家似乎都相互有些关系：我们发现售票员的侄女原来是麻子脸的姐妹，已经是饭点了，她无论如何都要我们跟她走，大家一起吃饭。她的丈夫住得离河不远，房子是一座小木屋，刷成浅蓝色，门廊和窗框上都有浮雕纹。房子前有个小园子，里面种着绿的、黄的、紫的卷心菜；从哪方面看都是漂亮的住所。

房子里面一尘不染。窗户，甚至室内的门，都用从天花板垂到地面的网眼帘遮着，但天花板高不过两米。一面墙上并排挂着两张硬纸的圣像和一张同样尺寸的男孩的照片，他穿着制服，胸前饰有勋章。桌上是一张油布，上面放着一个蒸盘；一大块黑麦面包，表面有起皱的黑色面包皮；摆好了四个位置，还有四个煮得全熟的鸡蛋。侄女是个结实的四十岁上下的农民，双手粗糙，眼神和蔼；她黑色的头发上面围着一块白色方巾，围到下巴下面打了个结。她的丈夫坐在她身边，他是个年长的男人，灰色的短发因为那天流的汗而黏着头皮，他的脸枯瘦黝黑，但眉毛是灰白色的。他们对面坐的是两个金发男孩，明显是双胞胎，他们看起来迫不及待地想要开动，但还是等着他们的父母咽下第一勺饭菜。很快他们就为我们添了五个位置，所以我们坐得稍有点挤。

我不饿，但为了不让人觉得不礼貌，我尝了一点汤；女主人以母亲的严厉呵斥了我一顿，像在对待被惯坏了的孩子。她让我告诉她为什么我“吃饭这么差”。福索内飞快地跟我小声解释了一句，俄语里说吃饭很差就是说吃得很少，就像在意大利的时候，我们说吃得好，而不说吃得多。我竭尽所能地为自己申辩，用手势、用表情、用断断续续的句子；最终，女主人比我们那两个旅伴贴心多了，不再坚持下去。

四点钟的时候，船又起航了。除了我们一行人，就只有一个旅客在船上，不知从哪个地方冒出来的：一个衣衫褴褛的瘦小男人，留着短而稀疏、未经修剪的胡子；他看不出年纪，有着平静而呆滞的眼神，只有一只耳朵，另一边已经成了一个丑陋的肉洞，从这个洞开始，一道伤疤一直延伸到他的下巴。他也是不一样和其他两个人的哥们儿，他对我们两个意大利人表现出了一种热烈的盛情。他坚持要带我们从船首参观到船尾，既不管舱底散发着的令人窒息的菌类臭味，也不管公共厕所……这我还是不描述了吧。他对每个细节都表现出一种愚蠢的骄傲，这让我们推断，他不是退下来的海员，就可能是曾经做过船厂工人，但他说话时带着这样一种不寻常的口音，这种在很多时候用 o 代替 a 的口音让福索内放弃了向他提问，因为横竖他也听不懂回答。他的朋友们都叫他Grafinya，“伯爵夫人”，不一样向福索内解释，此人的确曾是个伯爵，革命期间，他逃去了波斯，改了名字。但这个故事我们似乎不大能明白，或者说，无法相信。

暑气回来了，河的左岸，也就是船靠着开的一边，挤满了游泳的人。他们多是全家人一起，吃着喝着，在水里打着滚，或在灰蒙蒙的岸边四仰八叉躺着晒太阳。有些人——男的女的都有——穿着得体的游泳衣，从脖子遮到膝盖；其他人则光着身子，自然地在人群中穿来走去。日头还是很高：船上没什么喝的，连水都没有，我们同伴那可悲的酒也喝光了。伯爵不见了，其他三个人胡乱地躺在长凳上睡了，打着鼾。我很渴，而且热得不得了。我跟福索内提议，我们一上岸，就找个没人的沙滩，脱掉衣服，两个人好好游一会儿泳。

福索内沉默了几分钟，之后气冲冲地回答我：“你非常清楚，我根本不会游泳。上次跟你讲那个井架和阿拉斯加的故事时我就跟你说了。水教我紧张。而且你肯定明白我不会在这儿、在那片水里学吧，那水虽然很清，但全是水流和暗涌，而且一个救生员也没有，再说我也没那么年轻了。

“事实是，我小的时候没人教我游泳，因为在我们那一带没什么水域可以游泳的；有一次我的确逮到了一个机会，但后来搞砸了。我开始学了，自己学游泳。我有时间，也有毅力，但我搞砸了。这是好几年前，在卡拉布里亚（Calabria），当时他们都在修超级高速公路，他们派我和起重机操作员一起去了那儿。我去那儿是装架桥机的，他是去学如何操作它的。

你不知道什么是架桥机？我那时候也不知道。那是一种架钢筋混凝土桥的聪明办法，这种桥乍一看十分简单，有矩形桥墩，横梁横在桥墩顶部。设计其实非常简单，但把桥架起来并不是那么容易，就像所有头重脚轻的东西，像钟塔以及此类东西一样。显然建埃及的金字塔就是另一回事了。话说回来，在我父亲那个村里，有一个谚语是那么说的，‘建大桥，修钟塔，都让邻居去干吧’。它用我们的方言念是押韵的。

“只需在脑海里想象一个非常窄的山谷，要在很高的地方建一条横跨两边的路，桥墩也已经立好了，假设每根五十米左右高。你知道，中间的几根甚至可能有六十到七十米高，这样就不可能用起重机把横梁吊起了，更不用说你不能总是指望下方的地形；我跟你说的这个地方在卡拉布里亚，那里啥也没有，属于那种只有下雨时才有水的河流的河口——换句话说，几乎一直没水——但有水的时候，水就会把什么东西都冲走。一堆沙子和卵石：上面绝对架不起起重机的。中间的桥墩已经冒出海面好几米了。你还需要想象一根横梁，不是那种牙签一样的东西，而是一条巨大的横杆，像斯都比尼基大街（Corso Stupinigi）的宽度那么长，大约一百甚至一百五十吨那么重。不是我不相信起重机，因为这毕竟是我的行当；但能把一百吨的重量抬升到七十米高的起重机还没发明出来呢。于是，他们发明了架桥机。

“我手头现在没有铅笔，但你想象一个长推车，它长得只能就地安装，而这，事实上就是我应该干的活。准确说来，它得长到能够始终架在三根桥墩上。这样，算上桥墩的直径，它要有稍短于一百五十米的长度。这样就是架桥机了；他们这样叫它是因为它的用处是架横梁。在结构内部,有两条轨道,运转着架桥机全长。轨道上跑着两个小一些的推车，各带一个绞车。横梁在地上，轨道下方的某个地方：两个绞车将其拖入整个结构中，然后架桥机开始启动，非常慢，像履带车一样，它在置于桥墩顶部的一些滚轴上移动。它活动的时候，横梁在其内部，让你想起怀孕的动物，它从一根桥墩移动到另一根桥墩，一直到确定了正确的位置，然后绞车退回，架桥机就催生了横梁。也就是说,它将其准确地放置到了凹槽处。我见过它放横梁，太美妙了，它让你感到满足，因为你可以看到机器流畅地运转,没有拉扯,也没有任何噪声。说到这个,我不知道为什么,看到巨大的东西缓慢、安静地移动,比如说,看到轮船起航，我总能感受到某种东西，不只是我。其他人也跟我讲述过同样的事。然后，当真正的桥完成的时候，你再把架桥机拆掉，装到卡车上，运到别处去用。

“我跟你说的是理想状态，是这个活应该是怎么干的，然而，与此相反，我马上就开了一个糟糕的头。我不细说了，但几乎每分钟都要出个乱子，从我要组装的钢架开始，这些是我跟你说的架桥机的组成部分。它们达不到规格，我们必须把它们一个个地重新锉一遍。你能猜到，我肯定有怨言；实际上，我丝毫不肯让步。人如果必须为他人的错误埋单，装配工如果必须操使锯子和锉刀，那就糟透了。我找当地工头说出了自己的想法：所有的部件都必须精确无误，井井有条地在组装场地码齐了；要不然就没我福索内；他们可以找个旁的在卡拉布里亚的人来做工。因为在这个世界上，你如果让人踩到头上去，那就完了。”

我始终都在感受着水的诱惑——细小的波浪拍打船身溅起水花，结实、漂亮的金发苏联孩童一个追一个地游着，像水獭般潜下水去，同时快乐地叫喊着——这些都不断地让这种诱惑变得更加强烈。我没能理解架桥机与福索内对水和游泳的拒绝之间的关系，于是我小心翼翼地就此问了一句。

福索内的脸沉了下来。“你从来不能让我用自己的方式讲完一件事。”接着他皱着眉头退进了沉默里。这样的责备对我来说似乎完全是冤枉（现在看起来亦然），因为我一直都是由着他说的，他想怎么说便怎么说，想说多久便说多久，说到这个，读者可以做证。但此时，由于爱好和平，我依然闭嘴了。我们双双的沉默被一种戏剧化的方式打破了。另一条长凳上的不一样先生醒了，他伸了伸懒腰，面带微笑地环顾了一下四周，开始脱起衣服来。他脱得就剩短裤时，叫醒了他的胖子朋友，把自己的一团衣服递给了后者，他礼貌地冲我们挥了挥手，然后爬上栏杆，跳进了河里。有力地游了几下之后，他就到了螺旋桨的牵引力范围之外；接着他相当稳健地以侧泳的方式朝几座比邻而建的白色房屋游去，一个木码头从那里延伸出来。胖男人立刻又睡了，福索内重新说起故事来。

“就是这样。你明白吗？唔，这叫我很火大，因为我永远办不到。我永远做不了这样的事。架桥机和游泳的确有关系，你只消耐心听下去，就能弄清楚。我得告诉你，待在工作的地方是让我觉得非常享受的，前提是一切都按定好的来，但那个工头真的惹毛我了，因为他是那种对活计满不在乎的人，只要月底工资能来就行，这些人没意识到，如果你不在乎的时间长了，工资也可能停发，对你、对任何人都一样。他个子不高，双手绵软无力，头发中分，还抹了生发膏。他的头发是金色的，看起来甚至不像卡拉布里亚人，但他是只小雄鸡，自负得不得了。由于他反驳了我说的话，于是我就告诉他，我是没问题：如果不合作，那也合我的意。天气好得很，有阳光，附近就是海，我也从没有在海滩度过假，所以，好吧，他不把所有结构部件从第一块到最后一块都准备好，我就去度假。我打电话给公司，因为这也合他们的意，所以他们立刻就同意了。而我认为，我处理的方式很对，不是吗？

"我没有为了度假怄气离开那个地方，因为我还想继续关注这个工程，也因为我没有必要搬走。我找了一个离水泥桥墩不到一百米距离的房子，在里面的一个房间里住了下来。那里住着一家人，人都很好；实际上，我刚刚在杜布罗夫卡的时候还想到他们，就在我们一起吃饭的时候，因为所有的好人都是相似的，况且所有人都知道，苏联人和卡拉布里亚人区别不是很大。他们人很好，打扮很清爽，尊重人，而且很有幽默感；这家的丈夫做着一份奇怪的工作：修补渔网上的洞。妻子则操持家务，照看园子，小男孩什么也不干，但他也是个好孩子。我也什么都不干。夜里我像国王一样睡觉，周围安静得只能听到海浪声，白天我则像个观光客一样晒晒日光浴，我这时想到，这正是适合学游泳的时候。

"我跟你说过了，在那里的时候我堪称万事俱备。我有足够的时间，没有人看着我、干扰我或因为我快三十了才学游泳而嘲笑我；海水很平静，有个非常小的海滩可以休息，下面也没有岩石，只有细细的白沙，手感滑得像丝绸，坡度非常缓，所以你可以走出差不多一百米还能触到底，水只到你的肩膀。与此同时，我得承认，我怕死：我的头脑不害怕——我不知道自己能不能解释清楚——我的肚子和膝盖在害怕，换句话说，这是一种动物所具有的害怕。但我想你已经注意到了，我也很执着，我给自己制订了一个计划。首先我必须摆脱对水的恐惧。接着我得说服自己，我可以在水里浮着：每个人都可以，甚至孩子、动物都可以；为什么我不行？最后，我要学习如何向前移动。一切我需要的都准备好了，包括这个计划，但我还是没有感受到人在假期时应感受到的轻松惬意。我感觉身体里有什么东西在挠；好像是各种各样的东西搅在了一起——我对工作的担心没有过去；还有一种害怕：某个人决心去做某件事但又没能力去做，最后失去信心，觉得还是一开始就别做的好，但由于他很执着，他还是去做了——其间他所感到的害怕。现在我有了一些改变，但那时候我就是那个样子。

“克服对水的恐惧是最糟的；实际上，我不得不承认，我根本没有克服它。我只是适应了它的存在。这也花了我两天时间。我会一直走进水里，直到海水没到胸口；我会深吸一口气，捏住鼻子，把头伸进水里。最初的几次，这简直就像死一样：我是认真的，我觉得我要死了。我不知道是不是每个人都这样，但我有某种自动的机制：我一把头伸下去，能闭上的便只有我的喉咙。我感觉到耳朵里面的水，它似乎通过那两个小管道流进了我的鼻子，流下食道，流进了肺里，直到将我溺死。所以我不得不站起来，我简直想感谢全能的上帝把水和干燥的陆地分开来，就像《圣经》中说的那样。这甚至都已不是害怕了：它是恐怖，就像你突然看到一具尸体，你的毛发全竖了起来。但我不能说得太急了，长话短说：我适应了它。

“接下去是浮起来，我觉得这多少有些复杂。我许多次看别人浮起来过，在他们装死的时候。我也试了，我浮起来了，这毫无疑问。但要一直浮着，我得在肺里充满空气，就像我跟你说过的阿拉斯加的浮筒一样；但人的肺无法一直保持充满空气的状态。那一时刻在你呼气的时候到来，接着我感到自己在下沉，就像浮筒到了要被拖走的时候。我只得尽可能快地在水中蹬腿，同时仍屏着呼吸，一直到我能踩到底为止。然后我会站起来，像条狗一样喘着，我简直想放弃整个学游泳的计划。但你知道人面对阻碍时是什么样的，就像打了个赌，但你讨厌输：对我来说就是这样。说到这一点，那个工程也一样，我可能会丢开简单的工作，但我绝不会放弃难的工作。麻烦全都在于，我们的气管长的不是地方。狗，甚至海豹，气管都长在了正确的地方，它们从幼崽时期就能毫无困难地游泳，没有人教它们。所以，我只好退而求其次——这是第一次——学习仰泳。我原本也可以满足于此了，尽管这看起来不是我的一贯作风；但如果你仰躺在水上，你就能保持鼻子处于空气中，所以理论上你是可以呼吸的。起初我做短促呼吸，以使浮筒不至于留存空气太少，然后我跃跃欲试地一点点放开呼吸，直到我确信，呼吸的同时也不会沉下去，起码不会淹到鼻子——这是最重要的部位。但只一个还不及这个高的小浪扑过来，我就又开始惶恐，方寸大乱起来。

“我试了各种各样的方法，当我觉得累了或者喘不上气的时候，就上岸来，伸展全身，在超级高速公路的桥墩附近晒日光浴。我在上面钉了钉子，用来挂衣服，否则衣服上就会爬满蚂蚁。我告诉你，那些桥墩大约五十米高，甚至更高；它们全是光秃秃的水泥柱，还留着模具的印子。在距离地面两米高的地方有一条污迹，头几次我甚至都没注意它。一天晚上，天下雨了，那个地方的颜色变得更深了，但那一次我还是没有注意它。毫无疑问，这是一条奇怪的污痕。它是唯一的，这个桥墩的其他部分都是干净的，其他的桥墩也是干净的。它有一米长，分成两部分，一条比另一条短些。它看起来就像个惊叹号，只是有点斜。”

他沉默了一段时间，就像在洗手一样搓着手。我们可以清晰地听到发动机的颤动，也已经可以看清远处的登船站。

“听着，我不喜欢撒谎。夸张一点是有的，尤其是说到工作的时候；我不认为这是什么罪过，因为所有听我讲故事的人都能立刻明白。嗯，有一天，我发觉，顺着那条污迹，有一条裂缝，一列蚂蚁正在那里进进出出。我开始感到好奇。我拿一块石头敲了敲桥墩，听到一记空洞的声响。我再用力地砸了一下，那水泥竟只有一英寸（约 2.5 厘米）厚，一下便碎了，里面有一个骷髅头。

“这就像在我的两眼之间打了一枪，我当时也的确打了个踉跄，但他就在那儿，好嘛，看着我呢。紧接着那之后，我就得了一种怪病：腰上长了许多痂子，而且很痒，掉了之后，又长出更多。但我差不多还是高兴的，因为这个病给了我一个完全放下那个工程回家去的理由。所以不管是那时还是后来，我都没学会游泳，因为每次我下水，不管是江河还是湖海，我的脑子里都会浮现出可怕的念头。”

桥

“……不过，当他们给我提供了一份去印度的工作时，我并没有非常想去。不是说我对印度非常了解。你知道对一个国家产生错误的印象是多么容易，因为世界很大，它由不同的国家组成，实际上，你也不可能每个国家都去，最终你脑子里对所有国家都只有一些疯狂的看法，对你自己的国家甚至也不例外。我所知道的关于印度的事情,用几句话就能说完：他们孩子生得太多了；因为吃牛是违背教义的，所以他们宁愿饿死；因为甘地太好了，所以他们杀了他；这个国家比欧洲还大，他们说着天知道多少种语言，所以，由于没有更好的选择，他们选定英语为主要语言；然后就是‘青蛙’莫格里的故事[1]，当我还是个孩子的时候，我以为这是真的。噢，我忘了《爱经》和一百三十七种做爱方法,也可能是两百三十七种，具体多少种我记不清了，我在杂志上读到过，当时我正在等着理发。

“换句话说，我差不多更愿意待在都灵。那段时间我在拉格朗街，跟我的两个姨妈生活在一起；有些时候我不去膳宿公寓，而会来拜访她们，因为她们对我的关心到了小题大做的地步，会给我做特别的菜，她们为了不吵醒我，早晨起床一点声音也没有，她们去做早弥撒，给我买刚出炉的、热

1　莫格里是出生于印度的英国作家罗德亚德·吉卜林笔下的人物，是一个与父母走散、被母狼收养的少年，因身上无皮毛而被取名为“莫格里”（Mowgli），意为“青蛙”。

腾腾的新鲜卷饼。她们只有一点不好：催我结婚，这件事本身没有那么不好，但她们对此逼得有些紧，并且不断给我介绍姑娘，她们都算不上是我喜欢的类型。我始终没想明白这两个老太太是怎么找到这些姑娘的：或许是在修道院学校里。她们都差不多：都像蜡做的似的，当你跟她们说话的时候，她们连看都不敢直接看你，她们让我觉得特别尴尬，我不知道从哪说起，她们说不出话来，我也跟着张口结舌。所以有些时候，我回到都灵，甚至都不去跟我的姨妈联络；我直接去住膳宿公寓，这也是为了不打扰她们。

“就像我说的，那段时间我似乎有点厌倦了满世界跑，尽管我的两个姨妈这么狂热，但如果能安定下来，我也很乐意；但在办公室里，他们拼命劝说我，他们知道我的弱点，他们知道用什么手段来摆布我:这份工作多么重要啊，如果我不去，他们想不到有谁可以派啊。出于这样或那样的原因，他们每天都给我打电话，而且，像我之前说的，我不能让引擎空转，我只能在城里待上一小段时间，所以，结果是，到二月底时，我开始觉得，把鞋底走穿总比把床单睡破好，于是，三月初我就在菲乌米奇诺机场（Fiumicino）爬上了一架波音飞机，整个机身都是黄的，巴基斯坦航空。

“整个旅途从头到尾都很快活：我的意思是我是唯一严肃的乘客。半数是德国和意大利旅客，全都一开始就热情满满，想着去看印度舞，因为他们以为印度舞就是肚皮舞，但我其实看过，印度舞非常拘束：他们只用眼睛和手指跳舞。另一半乘客则相反，是从德国回家的巴基斯坦劳工，拖家带口，他们也很开心，因为他们正在回家的路上，正放假。也有一些女性劳工，事实上我身边的座位上坐的就是一个戴着紫色纱丽的姑娘。她们所穿的纱丽是一种没有袖子、不分前后的连衣裙。我说的这个姑娘，她真是个美人，我不知道该怎么描述：她看起来仿佛是透明的，由内而外散发着一种光，还有一双会说话的眼睛。但她只能用眼睛说话真是太遗憾了，我的意思是，她只会印度语[1]和一些德语。而我从没想过去学德语，否则我会很乐意开口同她聊天的，我发誓，我同她聊肯定比同所有我姨妈找的姑娘聊得都有劲；我没有冒犯的意思，她们都扁平无聊得像被圣约瑟夫开飞机碾过似的。唔，这个暂且说到这儿吧。况且，我不知道你是不是也这样，但对我来说，一个姑娘越是异域，她就越吸引我，因为好奇心会作祟。

“座位上最活跃的就是孩子了。有相当于一个半房间的孩子，又没有足够的空间让他们坐，在这样的航线上，我觉得孩子甚至都不用买票。他们都赤着脚，像一群麻雀一样彼此之间叽叽喳喳聊着，他们在座位下玩捉迷藏，所以时不时就会有个孩子从你的两腿间冒出来，对你绽放一个小小的微笑，然后嗖一下又不见了。飞机在高加索上空的时候，遇到了一些气旋，许多大人都很害怕，有些还恶心想吐。但孩子们则相反，他们发明了一个新游戏：飞机转向左边，机身稍微倾

---

1 此处原文为 Indian，而不是 Hindi（印地语），根据维基百科，Indian 泛指印度人使用的语言，包含印度—雅利安语和达罗毗荼语。

斜的时候，他们会一齐叫喊着跑向左手边的窗户，然后转右边时也一样，最后飞行员终于发现飞机是怎么突然转向的了，起初他想不通，以为什么地方出了问题，然后他明白了孩子们在干些什么，便叫空姐把他们安抚住。正是空姐把这事告诉我的，因为旅程很长，我们便混熟了。她也很美，鼻子的一边穿了一颗珍珠。她把晚餐盘端过来的时候，盘里除了白的、黄的糊糊别的什么也没有。它们让人犯恶心，但管他呢：我把那些全吃了，因为她看着我呢，我不想显得矫情。

"你知道着陆的时候是什么样，发动机稍微慢下来了一点，飞机向前倾，好像一只疲惫的大鸟，然后越来越低地降下来，一直到你能看到地面上的光，当飞机的襟翼升起、副翼张开时，整个飞机都在颤动，感觉好像天空都变得颠簸了。这一次也一样,但这次着陆十分麻烦。显然塔台没有允许我们着陆，所以我们开始在上空盘旋；不知是有强气流，还是飞行员是个生手，要么就是哪里坏了，飞机一直在发出一种咔啦咔啦声，就像开在锯子的锯齿上似的。透过窗户你可以看到机翼扇得像鸟的翅膀一样，或者说像装了合页一样；这持续了有二十分钟左右。不是说我在担心，因为我知道这样的事情时有发生，但后来我看到桥出的事情以后，我又回想起了这一幕。总之，我们无论如何算是着陆了，引擎停了，他们打开了安全门。他们打开安全门的时候，一开始涌进机舱的似乎不是空气，而是温水，带着一种特殊的气味，实际上这种气味你在印度到处都能闻到：一种浓重的气味，混合了香、肉桂、汗味和腐烂味。我没多少时间可浪费的，于是整理好自己的行李箱，跑去赶那架带我去工作地的小达科塔[1]，所幸天几乎黑了，因为看一眼那飞机就足以把你吓着，然后，当飞机起飞时，虽然你看不见它，你却更害怕，只是到那时候已经没辙了，不过这路程总算很短。它就像老式喜剧电影里的那些车一样，但我看到其他人都挺冷静的，于是也表现得很冷静。

“我很冷静，也很高兴，因为我快到了，因为那是做我自己中意的工作。我还没告诉你：这是个大工程，搭吊桥，我一直认为桥是最美妙的工作成果，因为你可以确信桥是绝没坏处的，事实上，它都是好处，因为路可以从桥上过，没有路，我们都还是野蛮人。换句话说，桥是界线的某种对立物，而界线是战争开始的地方。嗯，这是我对桥的看法，事实上，我现在还是这么想，但我在印度搭过那座桥之后，我开始觉得，我可能还想学更多的东西。如果我学习过，我可能会成为工程师；但如果我是工程师，我最不愿干的事情肯定是设计桥梁，我最不愿设计的桥肯定是吊桥。”

我向福索内指出来，他所说的在我看来似乎有些矛盾，他也同意，但在做评判之前我应该等他把故事讲完：一件事可能在一般情况下是好的，但很多时候，到了特殊情况下，它就变坏了，他要说的就是这么回事。

“我好歹有不少乘飞机的经验，但达科塔以一种我此前从未见过的方式落地了。地面一在视野中出现，飞行员马上开始下降，一直到几乎擦到跑道，但他没有减速，他把发动机

1 达科塔（Dakota）：空中列车，又名道格拉斯 C-47。

开到最大，搞得丁零当啷响。他以两三米的高度掠过整个场地，到候机棚处才陡然升起，低空转了个弯，然后着陆，落地时弹起了三四次，像打水漂一样。他们向我解释说，这是为了赶跑秃鹫，事实上，飞机下降的时候，在探照灯的光束中，我的确见到了秃鹫，但我那时还没意识到那是什么。它们看起来像缩成一团的老太婆，但之后我也不惊奇，因为在印度，什么东西看起来都像另一样东西。但无论如何，它们恰恰是不会被吓跑的：它们稍微挪了挪地方，半张着翅膀跃开一点，甚至都不飞起来，飞机一停下来，它们就又扎起堆来，像在等着什么似的，不时还冷不丁地啄一下旁边那只。它们这种动物真是丑。

“但我跟你讲印度没什么意义，因为怎么讲都讲不完，你也可能去过那儿……你没去过？随便怎么说，那都是些你能在书里读到的东西，但怎么拉起吊桥的缆索是书里没有的，至少也不是你印象里那样。于是我们到了工作地的机场——那里不过是一片泥土夯实的土地，之后他们送我们去宿舍睡觉了。其实也并没有那么让人感觉不适，除了天气炎热这一点。但炎热的天气也是一件不需要我深入讲的事情。你只需想象，由始至终都很炎热，不分昼夜，你在那里流汗流得多到——别嫌我说话糙——都不用上厕所。我的意思是，这个故事里，从头到尾，天都热得跟地狱一样，我不再重复了，不然就是在浪费时间。

“第二天一早，我去见项目经理，向他介绍我自己。他是个印度工程师，我们之间说话用英语，倒也能很好地理解对方的意思，因为要是你问我的话，我会说印度人英语说得比英国人还好，至少比英国人更清楚。英国人就是不明事理，他们说话很快，每句话都咬文嚼字，你要是不懂，他们还显得挺吃惊，但他们对让人家理解又丝毫不做努力。唔，他向我说明了工作，然后首先给我了一小块戴在头盔里面的面罩，因为那里有疟疾，事实上，建筑物的窗户也有防蚊网。我看到工地上的印度工人没有用面罩，我去问他，他回答我说，他们都已经得了疟疾。

“工程师非常担心。我的意思是，我要是处在他的位置，我会觉得担心：但他呢，即使非常担心，也毫不外露。他说话颇为平静，他告诉我，他们是雇我来拉起吊桥的支撑缆索的，但工作的大头都已完成了，也就是说，他们已经在五个地方挖深了河床，五根桥墩就竖在那里；这活儿费心劳力，因为河水夹沙太多，即使水位低的时候也很多，所以沙子在挖掘地点的沉积速度跟他们挖出的速度一样快。然后他们把沉箱放下去，派了两个矿工下去，把石头挖出来，其中两个人淹死了，但最后他们还是把沉箱沉下去了，在里面填上了碎石和水泥，这样这项工程里的脏活儿总算干完了。听着他的讲述，我自己开始担心起来，因为他提到那两个淹死的人时语气稀松平常，就像十分自然似的，我开始有了一种概念，这是一个你最好别指望别人做事小心的地方，自己最好双倍小心。

“我刚刚说了，如果处在那位工程师的位置，我不可能这么冷静。两个小时前，他们打电话告诉他，发生了一件不可思议的事情，也就是，目前桥墩虽已完成了，但马上要发洪水了，河流的流向变了。他跟我说这话的语气就好像说烤肉焦了。他肯定是反应特别迟钝。另一个包着头巾、开着吉普车的印度人来了，工程师非常礼貌地说，现在他非常抱歉，我们下次再碰面。但我意识到他是想去看看，于是我要求和他一起去。他露出一副我不能理解的表情，但说可以。我不知道，或许是因为他尊重人，或许你永远不能拒绝别人向你提供建议，又或许，这不过是出于礼貌。他非常有礼貌，但这样的人容易对事情放任自流。他还喜欢空想：我们在吉普车上的时候——我就不跟你讲路况了——他没有考虑洪水的问题，而是告诉我，他们在想办法跨河建人行通道（按他的说法是猫道[1]，但我不认为任何聪明的猫会从上面走；我后面反正还会跟你讲的）。换个人可能会用船，或者射一根捕鲸用的那种鱼叉；但这个人让人叫来了村里所有的小孩，告诉他们谁能把风筝放到对岸，谁就能拿到十卢比的奖赏。一个小孩做到了，工程师把奖金付给了他（他这不是花钱大手大脚，因为那只相当于三美元），然后他续了一条更粗的绳子在风筝线上，然后再续，一直到足以顺过小通道的钢缆索。我们走到桥边时他刚说完这个故事，眼前的景象让他也屏住了呼吸。

“在咱们家乡这边，人们一般不太考虑河流的力量。在那一段，那条河有七百米宽，它还转了个弯。对我来说，把桥架在这个地方似乎并不是那么高明，但这显然是绕不过去的，因为一条重要的铁路线将要从上面通过。你可以看到五根桥

1　猫道（catwalk）：小通道。

墩立在水流中，再往前是衔接桥墩，一根比一根短，连接着平地。五根桥墩上的支撑塔架已就位，五十米高；在两根桥墩之间已经有一个服务架，横在那边，是一座轻型的临时桥，换句话说，是为了最后整座桥可以架上去。我们在右岸，这边的岸已经被水泥堤坝加固过，又好又坚固，但这边的河流已消失：夜里河流便开始侵蚀左岸，那边也有同样的护壁，到了第二天清早，河水已经冲破了它。

“我们周围大约有一百个印度工人，他们连眼都不眨一下。他们平静地看着河面，坐在自己的脚后跟上，就像他们通常的那副样子。我这样坐不了五分钟，我不知道他们是怎么办到的，显然从小大人就是这样教他们的。他们见到工程师的时候会站起来一会儿，问候他，把手放到胸前，像这样，合十，好像打算祈祷一样。他们小小地鞠个躬，然后又坐下来。我们所在的位置太低了，看不清具体情况，所以我们爬上岸边塔架的梯子，这样我们就能真正看清整场好戏。

“我告诉你，我们下方已经没有水了，只有一些黑泥，在太阳下已经开始散发水汽和臭味，泥里混杂着被连根拔起的树木、木板、空桶和动物死尸。水全部涌向了左岸，好像决意要把它冲走，事实上，当我们茫然地站在那里观望，不知要做些什么或说些什么时，我们看到一大块护堤松脱了，大约十米长，它撞向其中一根桥墩，弹回来，然后被水流卷了下去，好像它是木头，而不是水泥。水已经冲走了左岸很大一部分；它冲出这个缺口，并且淹没了田野：它流成了一个直径超过一百米的圆湖，还有更多的水涌进来，就像一头打定主意要搞破坏的凶恶动物，这些水因为后方的凶猛洪流打起漩来，就这样在我们眼前漫了开来。

“各种各样的东西都被水流带了下来：不只是漂流的零碎，还有一些看起来像浮岛一般。显然，河水在上游流经了一片树林，因为树木连根带叶沿河流了下来，漂下来的甚至还有一整片河岸，我根本想不透这些是怎么浮着的，上面有草、泥土，还有立着或横着的树，也就是说，那是整片景观的一块。这些浮岛以最快的速度流下，时而从桥墩之间滑过，然后朝另一边急速漂走；时而撞向桥墩底部，就此碎成两三块。你可以看出，那些桥墩非常坚固，因为底部已经缠了一团乱七八糟的东西：木板、树枝、树干。你可以看到，水流正以它的力量猛烈地冲上去，但也冲不开这团东西；这制造出一种奇怪的响声，像雷一样，但来自地下。

“我告诉你，我很高兴他才是工程师；但如果我在他那个位置，我想我会多做点事情的。不是说那个时候在那个地方有很多事情可做，而是我有一种感觉，如果他听凭自己的直觉，他也会像那些工人一样，坐在脚后跟上，在那里一直观望到天知道什么时候。我来向他提建议似乎显得失礼，我才刚来，而他是工程师；但事情就像秃头上的虱子，一清二楚，他也乱了方向，他在岸边踱来踱去，紧闭着嘴，换句话说，他在白费力气，所以我壮了壮胆子告诉他，依我看，最好叫人搬些石头，搬些大圆石，越大越好，从左岸推下去，但要快点，因为说话间，河水一个猛拍，就又冲走了两大块护壁，湖里的漩涡开始比之前转得更快了。我们开始爬上吉普车，这个时候我们看到一大团树木顺水流下来，拖着泥，连着枝叶，那一整个，我没夸张，跟房子一样大，它像球一样滚着。它向两桥墩之间冲去，撞向了服务架，后者像稻草一样折断并被拖进了水里。我们能做的真的不多；工程师叫工人回家，我们也回到营地打电话叫人搬石头来，但在回去的途中，工程师告诉我——语气依然冷静——整个那一带，除了田地、黑土、泥巴，别的什么都没有，如果我想要一块核桃那么大的石头，我得跑到至少一百英里（约 160 千米）外，才能找到一个：就像石头是我个人的渴望——那种女人们想要时能够得到的东西。换句话说，他是一个有礼貌的人，但他很怪；他好像是在玩，而不是在工作，这让我很窝火。

“他开始给什么人打电话，我推断应该是一个政府办公室。他说印度语，我一个字也听不懂，但听上去起初是接线员，接着是秘书的秘书，然后是真正的秘书，他想要对话的人一直没过来，最后他们的电话被切断了，换句话说，跟咱们家乡一样；但他没有发火，又从头开始。在小秘书给真正的秘书转电话的当口，他告诉我，他认为反正未来一段时间我待在那里也没什么有用的事情可做，我如果想在那里，我可以待下去，但他建议我乘火车去加尔各答，于是我去了加尔各答。他提出这个建议是出于礼貌，还是想摆脱我，我并不十分清楚。无论如何，我都没有便利太多。跟你说句实话，他告诫我连旅馆都不要找；他给了我一个民宿地址，我决定去那儿是因为他们是他的朋友，从卫生角度来说，我去那里会住得舒适些。

“我不跟你说加尔各答了。我在那儿待了五天，完全是浪费时间。那里的居民超过五百万，穷得一塌糊涂，你马上就能了解。想象一下，那天夜里，我一出站，就看见一家人准备睡觉，他们要在一根水泥管里睡觉，那是一根新水泥管，做下水道用的，长四米，直径一米。这一家人是爸爸、妈妈和三个孩子。他们在管道里放了一盏小灯，两块布，一块在一张床上，一块在另一张床上；他们是幸运的，因为多数人都睡在到处可见的人行道上。

"结果工程师的朋友原来不是印度人，他们是帕西人[1]。他是医生，我和他们相处得很融洽。当他们发现我是意大利人的时候，他们表现得非常惊讶；天知道是为什么。我不知道帕西人是什么样的，甚至之前都不知道有这样的人存在，跟你说实话，即使现在，我对他们都不很了解。可能你这个属于不同宗教的人可以跟我解释解释——"

我只得让福索内失望了；我基本上对帕西人一无所知，除了他们那教人毛骨悚然的葬礼，为了保证尸身不污染土地、水源或火，他们不土葬，不水葬，也不火葬，而是把尸体放在天葬塔上任秃鹫享用。但我猜这样的塔如今已不存在了，至少在萨格瑞[2]的异域小说流行的年代就已不存在了。

"那是你以为的！那样的塔一直存在着，那对夫妇告诉我的。不过他们不是常去神庙的虔诚信徒，他们说等自己死的时候要以寻常的方式下葬。那样的塔依然存在：不在加尔各答，

1 帕西人（Parsees）：印度拜火教徒，据称原为波斯后裔，因不愿改宗伊斯兰教而来到印度，虽然逐渐融入了印度社会，但在习俗上仍有一些区别。

2 萨格瑞（Salgari）：意大利作家，以其冒险小说和科幻小说著称。

在孟买。有四座天葬塔，每座都有一群常驻的秃鹫，但一年只用上四五次。不过，他们跟我说了一件新鲜事。一个德国工程师带了许多传单来，他向帕西祭司介绍了自己，他告诉他们，德国人设计了一种放置在塔底部的铁栅栏架：这个栅栏架是电阻器做的，可以非常慢地焚烧尸体，不会产生火焰，没有气味，也不会污染任何东西。这种方法德国人会喜欢，是不是？总之，祭司们开始争论起来，显然他们现在还在争论，因为他们也有革新派和保守派。跟我讲这个故事的时候，医生哈哈大笑，而他的妻子坦率地说，依她的看法，这件事将不了了之，不是宗教原因，而是因为耗电量和当地行政部门。

“加尔各答什么都很便宜，但我什么都不敢买，甚至都不敢去看电影，因为我怕脏，怕被细菌感染。我待在房子里跟那位帕西女士聊天，她学识很好，很有智慧——事实上，我得记得给她写张卡片——她跟我解释了很多印度的事情，就此你可以一直说下去。但我还是如坐针毡，我每天都打电话去工地，但那位工程师不是不在，就是不接我电话。我终于在第五天联系上了他，他告诉我，我不妨回去，河水退了，工程可以重启，所以我回去了。

“我向工程师报到，他看起来还是心不在焉；我在休息棚所在的围场中间找到了他，他身边有大约五十个人，而且他似乎在等我。他用他们的方式跟我说了你好——双手放在胸前，然后把我介绍给工作组：‘这是佩拉尔多先生，你们的意大利监工。’他们都双手合十向我鞠躬，而我站在那儿像个傻瓜。我认为他已经忘了我的名字，因为你知道外国人记名字总是有困难，说到这个，对我来说，似乎所有的印度人都名叫辛格，我猜他也有同样的问题。我告诉他我的名字叫福索内，不是佩拉尔多，他向我露出了天使般的微笑，并告诉我：'不好意思，但你知道，所有的欧洲人都长得很像。'换句话说，我逐渐发现，这位名叫查塔尼亚的工程师，不但能把工作搞砸，记名字也不中用。而这位佩拉尔多先生也不是他凭空想出来的：佩拉尔多的确存在，他是比耶拉[1]的一位大师级泥瓦匠，巧的是，他本来也该在那天早上抵达，他负责固定吊桥的缆索。而他真的在不久之后到来了，我挺高兴的，因为见到自己国家来的人总是开心的事。工程师如何能把我当成他，还说我们看起来很相像，真是人生的一大未解之谜，因为我又高又瘦，而佩拉尔多是个矮胖个儿；我是三十啷当岁，而他早已过了五十；他有一撇查理·卓别林的胡子，而即便那时候，我头上仅剩的毛发也已经只有这后面的一小块了。也就是说，如果非说我们有哪里像，也只有我们举杯喝酒的方式，因为他也喜欢吃得好、喝得好，但在那儿也没有那么容易。

“在这么一个犄角旮旯的地方遇到一个比耶拉的泥瓦匠并没有那么让我惊奇，因为如果一个人去环游世界，那么他在哪都能遇到做比萨的那不勒斯人和砌墙的比耶拉人。有一次我在荷兰做工程时遇到了一个比耶拉人，他说世界是上帝制造的，但荷兰不是，荷兰是荷兰人制造的，但荷兰人要建堤坝还得叫比耶拉的泥瓦匠来，因为还没有人发明出能砌墙的

1　比耶拉（Biella）：意大利北方的一个城镇，与该城镇所在的省同名。

机器。这句话使我很受用,虽然现在听来似乎已不那么正确了。我很庆幸能遇见这位佩拉尔多，因为他去过一些比我去过的地方烂得多的地方，而且见多识广，虽然他话不多；也因为，我不知道他怎么做到的，他的宿舍里总有存量可观的内比奥罗[1]，他时不时会给我来一杯。他会给我来少许一点，不多，因为准确说来他也不是大方的人，他不想减少自己的储备总量。但他是对的，因为工程越拖越久，说到这里我真得说，全世界都是一样的；我很少碰到在规划书定的最后期限内完成的工程。

“他带我去看下锚的隧道：因为那座桥的缆索会处于很大的拉力之下，你理解吧，这样一般的锚地就不够了。缆索必须要固定在一块水泥上，水泥的形状必须做得像一个楔子，然后放进一条在悬崖上挖的隧道中。有四条隧道，两条隧道配一条缆索。但那隧道简直了！像山洞一样。我之前从没见过这样的：八十米长，开口处十米宽，后部十五米宽，倾斜角度是三十度……不不不，不要这副表情，因为你之后要把这些都写出来，我不希望印刷在纸上的内容有错误，至少——原谅我这么说——不要是因为我。”

我答应福索内我会全神贯注地跟着他的指示，在任何情况下我都不会放任自己被作家的倾向所诱，虚构、矫饰、添枝加叶；因而我不会对他的讲述增添任何东西，不过我可能会删减一些，就像雕刻家将石膏块雕成形时所做的那样。于

1 内比奥罗（Nebiolo）：一种源自意大利的酒。

是福索内表示他同意。所以，要从他向我提供的种种信息所构成的这块大石膏开始雕，在混乱之中，我辨认出一座逐渐浮现的长而细的桥梁的形状，它由五座钢箱塔架支撑，上面由四条悬吊式钢缆吊起。每条悬吊式钢缆一百七十米长；两条缆索各自由一万一千条单独的钢丝编成巨大的一股，每条钢丝的直径都是五毫米。

“我那天晚上已经告诉过你，我把每份工作都当成初恋；但这一次，我立刻就明白了，这份爱需要真正的投入，如果你能安然无恙地把它做完，你就该觉得幸运了。开始之前，我像在学校读书一样，花了一个星期从工程师那里学习。一共六个工程师，五个印度人，一个从公司来的人：每天早上四个小时，一本笔记本用来记笔记，然后整个下午都用来消化它们，因为这真的很像蜘蛛的工程，但蜘蛛生来就熟悉自己的工作，而且，它们即使摔下来，也不会是从太高的位置，不会给自己造成太大伤害，因为它们有内置的救生索。说到这个，经过我跟你讲的这个工程之后，每次看到一只蜘蛛在他的[1]网上，我都会想起我那一万一千条线，我意思是两万两千条，因为有两条缆索；我觉得我好像跟他有某种渊源，尤其是起风的时候。

“然后轮到我来教我的人了。他们是真正的印度人，不像我之前跟你讲的阿拉斯加人一样。我得承认，起初，看他们跪坐或盘坐在我周围，就像我在加尔各答见过的供在庙里的雕

1 原文即为 his。

像一样，我没有多少信心。他们会盯着我看，但什么问题也不问。不过，我之后跟他们一个个接触下来，慢慢发现，他们一个字都没落下；要问我的话，我会说他们比我们智力更高，也许这是因为他们担心丢工作，因为在那里，竞争工作，谁都不会手下留情。但毕竟他们也是跟我们一样的人，尽管他们包着头巾，打赤脚，每天早上不管怎样都要花两个小时祷告。他们也有他们的问题；有个人的儿子已经十六岁了，能掷骰子赌钱了，父亲很担心，因为儿子总是输；一个家里老婆病了；还有一个生了七个孩子，但他不赞同政府的政策，不想做绝育手术，因为他和老婆都喜欢孩子，他还给我看了他们的照片。他们真漂亮，他老婆也很美。所有的印度姑娘都很漂亮，但在印度待了一段时间的佩拉尔多跟我说，你跟她们在一起什么也做不了。他还说，跟城市里不一样，那里有几种流行病，你最好躲开。也就是说，总而言之：我从没有像那次在印度那么节制过。但说回到工作上来。

“我跟你说过小通道了，也说过用风筝带出第一条线的伎俩了。显然他们不能放两万两千只风筝。把吊桥的缆索拉到固定的地方需要特殊的流程：你架一台绞车，在每条小通道上空六七米的地方装一条连续的缆索，就像那种老皮带，用两岸各一个的转轮拉紧。你在缆索上串一个带四个凹槽的空转轮；从一大卷线中抽出单根的线，各自在每个凹槽上绕一圈。然后你活动转轮，把空转轮从一边拉到另一边来。这样，一次你就可以拉八条线。除了架线的和把线摘下来的工人，其他人都站在小通道上，每五十米两个人，确保线不重叠。但说是一回事，做又是另一回事。

“所幸印度人都很听指令。因为你得记住，在那些小通道上站着可不像在罗马大街上散步。首先，它们是斜的，因为它们跟之后要架的缆索是同样的角度。其次，一阵小风就足够让它们晃起来，但我之后再跟你说风的事。再次，由于它们得是轻的，不能给风造成阻力，因而底部是用铁丝网做的，所以最好不要看脚下，因为一朝下看你就会看见下面泥沙色的河水和在水里涌动的一些小东西；从上面看这些东西可能像小鱼，但其实那些是鳄鱼背。但我告诉过你，在印度，一样东西总是看起来跟另一样东西似的。佩拉尔多告诉我，那里现在没那么多鳄鱼了，但如今已是少数的那些鳄鱼全都聚集在架桥的地方，因为它们吃食堂的厨余垃圾，因为它们在等着什么人掉下来。印度是个还不错的国家，但那里没有可爱的动物。就连蚊子——除了要接受它们会传染给你疟疾这个事实，你还得一直戴遮阳帽，一直像古代的妇女一样戴着面纱——也是这么长的野兽，你要是不小心就会被咬一口，一口就是一块肉。我还听说那里有吸血蝴蝶，趁你夜里睡觉的时候会来吸你的血，但我从没真的见过，只要能睡着，我睡得都不错。

“这个拉钢丝的工程的难点就是，所有的钢丝都需要保持同样的松紧程度，对这样的长度来说并不容易。我们分两班倒，每班六小时，从天蒙蒙亮干到太阳下山，但这样我们还要组建一支特别的团队在夜里工作，即在太阳出来之前的这段时间工作，因为白天总是有一些钢丝被太阳晒着：它们温度升高，然后膨胀，而其余的一直在阴凉处。所以你需要在天亮前，也就是所有钢丝都处在同样温度的时候，做校准。而这个校准的工作，总是得由我来做。

“我们这样干了六天，空转轮就这样来来回回；整张网日渐完整，漂亮、紧实、匀称；你已经能想到之后桥会是怎样的形状。天很热。我告诉过你了，事实上，我告诉你我不会再重提天热的事情，但天真的很热。太阳下山时是某种解脱，也是因为我可以回宿舍喝一杯，跟佩拉尔多聊两句。佩拉尔多是从一个没有技术的工人开始干起的，后来他成了一个砖匠，再后来成了搅水泥的。他真的到处都去过，甚至为了建一座大坝在刚果待了四年；他有很多经历可说，但要是我除了自己的事，还叨叨其他人的事情，那就没完了。

“当缆索这部分完成的时候，你可以从远处看到两根缆索带着四根悬吊式钢缆从这一岸拉到那一岸，漂亮，轻盈，就像蛛网的丝线一样。但当你凑得足够近去看时，你可以看到它其实是可怕的两大捆，每捆七十厘米粗；我们用一台特殊的机器将其束紧，它像一个压力机，环状的，沿着缆索以一百吨的压力一路挤压过去。但我跟这台机器一点关系也没有：它是一台美国机器，是和一位美国专家一起被送过来的，这位专家蔑视所有人，跟谁都不说话，也不让任何人靠近自己。显然他是害怕他们会窃取他的机密。

“这时候似乎脏活都干完了。几天之内，我们就把垂直吊索拉了上来，我们用钓具像钓鱼一样把它们从下面的浮码头钓上来，就像捕鳗鱼，但这些鳗鱼每个重约一吨半。最后到了铺桥面的时候；没有人料到，但这就是惊险开始的地方。我必须告诉你，在那场我跟你说过的洪水之后，他们一句话也不说，但他们采纳了我的建议：当我在加尔各答的时候，他们弄来了一队载满石头的卡车，当水退下去的时候，他们很好地加固了护壁。但你知道，一朝被蛇咬，十年怕井绳：在装配的整个过程，我都在小通道上往下看，留意着河水，我还叫工程师给了我一个野外电话，因为我在想，如果再来一场洪水，最好要走在它前面。但我怎么也没想到危险会从另一个方向来，单从当时的事态来看，谁也不会想到这一出，设计师也完全没料到。

“我一直没面对面见过设计师，我连他们是哪儿来的都不知道。但我见过其他设计师，许许多多的设计师，我知道他们是不同的物种。有大象型的设计师，他只注重保险，不关心设计的优美，也不注重经济性：他要的只是别出乱子，只需一个的地方他放四个；一般来说是年纪大的人，要是你细想起来，你会觉得这是个挺悲哀的事。然后还有小气鬼型的，也就是说：你甚至觉得，他用的每个螺栓都是从自己口袋里掏钱买的。还有鹦鹉型的，他自己设计不出东西，单知道抄，像在学校里一样，他还意识不到别人都在背后笑他。还有蜗牛型的：我的意思是，官僚型。他动作迟缓，你一碰他，他就往回缩，躲到自己的壳里去了，也就是躲到规则手册后面去了。如果你不嫌我话糙的话，我也把这类人叫作白痴设计师。最后，还有蝴蝶型设计师，其实我认为设计这座桥的人就属于这一类设计师：他们是最危险的，因为他们年轻、敢干，还要你玩。如果你跟他们提钱或者提安全性，他们就用看一口痰的眼神看你，他们想的净是设计出一些新颖、漂亮的东西，他们从没想到过，一个工程如果经过细致规划，出来的时候理所当然就会漂亮。很抱歉，我由着自己讲了这些，但当一个人全心全意投入一项工程，最终结局却像我跟你说的这座桥一样的时候，你的心情真的会很差。你心情差有许多原因：因为你白费了许多工夫，因为之后总是有一堆律师、法庭，以及诸如此类的不愉快的事，因为即使你个人与其无关，但你总归还是觉得自己负点责任。但最大的原因是，看到这样一件作品倒塌下来，看到它倒塌的样子，一点一点，像经历着极大的痛苦，像在垂死挣扎，你的心就足以痛得像看到一个人死掉一样。

“就像人死的时候一样，事后人人都说他们早已看出了苗头，看他喘气的样子，还有他环顾四周的样子；事故之后他们也都得说说自己的看法，连那个不愿做绝育的印度人都说了：情况是如何的明显，吊桥很脆弱，钢材有豆子那么大的气泡。焊接工说装配工不懂怎么干活，起重机操作工说焊接工不懂怎么干活；他们又都拿工程师出气，他们在背后说长道短，说他站在那儿睡觉，成天混日子，不知道怎么组织工作。或许他们说的都是对的，至少部分是对的，也或许他们说的都不对，因为话说回来，人似乎就是这样。我见了许多次：举个例子，一座塔检查、测试了一遍又一遍，看上去能屹立几百年不倒，但过了一个月它就开始摇摇晃晃；而另一座你觉得五分钱都不值的却始终都没出现一条裂纹。如果你把它交给法庭委派的技术专家，那你麻烦就大了：会来三个专家，每个人给的意见都不一样。我从没见过真能顶什么用的专家。显然，一个人死了，或者一个建筑塌了，总归有原因，但不是说原因只有一个，就算只有一个，也是可以找出来的。但我说得有点太急了。

“我告诉过你，整个施工期间都非常热，每天都是：那是一种湿热，很难适应；但到最后我还是适应了。唔，工程完成的时候，每个地方差不多都有粉刷匠爬上去粉刷，他们就像蜘蛛网上的苍蝇一样，忽然之间，我感觉到，天不热了：太阳还是很高，但不像平常那么热了，汗在你身上蒸发，你觉得很凉爽。我也在桥上，在第一根桥墩和第二根桥墩中间的地方，除了凉爽，我还注意到两件确证我想法的事，就像一条猎犬望向了猎物的方向：我感觉到桥在我的脚下颤动，我听到一种好像音乐的声音，但你无法判断它来自哪个方向——音乐，我的意思是一种深沉的声音，遥远，就像教堂里管风琴的试音声，因为我小的时候常去教堂。我意识到，这声音都是风的缘故。这是我在印度感觉到的第一阵风，那风不是非常大，但持续着，像你慢慢开着车，把手伸到窗外时感受到的风。我感觉紧张——不知道原因，开始朝岸边走去。也许这是我们这个行当留给我的影响：我们不喜欢在自己脚下颤动着的东西。我走到桥台上，然后转过身来，我感觉我的头发都一根一根地竖起来了，全部都竖起来了，好像每根头发都醒了，想要逃走。因为从我在的地方，你可以从侧面看到桥的整个跨度，一件难以置信的事发生了。就好像，在风的吹拂下，桥苏醒了。没错，就像某个人听到了什么噪声，醒了过来，浑身上下活动了一番，准备从床上跳起来：桥面左右摆动，然后也上下抖动起来——你可以看到水波从我这一边推向了对岸，就像甩动一根没收紧的绳子。但那已不是震动了，那是一两米高的大浪，因为我看见一个粉刷匠扔下了手头的东西朝我跑来，前一分钟我还能看见他，一分钟后他便消失了。就像在浪打得很高的海上一样。

“所有人都从桥上跑开，连印度人都跑得比平常快了一点，到处是喊叫声，场面一片混乱。没人知道该怎么办。吊索也开始动了。你知道这种时候是什么样的：一个人说这样，一个人又说那样。但几分钟后，你可以看到，桥其实没有停止晃动，但浪开始变得有些稳定起来。浪从一岸拍向另一岸，又反弹回来，始终是同样的频率。我不知道谁下的命令，也许是某个人主动这么干的；我看到一台营地拖拉机在桥面上开动起来，拉着两条三英寸（约 7.6 厘米）粗的缆索。或许出这个主意的人是想将它们拉成两条对角线，停止桥的晃动。当然开拖拉机的人真的非常勇敢，或者说非常负责任，因为坦白说，即便他们非常努力地在固定这两根缆索，我也不相信这两根缆索可以弄出这样的结构。想象一下：桥面有八米宽，一米半高，所以只消算算这是多重就好了。但是，干什么都太晚了，因为从那一刻起，一切都在一瞬间发生了。或许风变大了，我说不准，但到十点钟的时候，浪的垂直高度达到了四五米，你可以感觉到地在震，听见纵向的缆索松松紧紧，发出很大的声响。开拖拉机的人看到局面往更坏的方向发展，便把拖拉机丢在原地跑上了岸。幸好他这样做了，因为这之后，桥面马上就开始歪歪扭扭起来，好像变成了橡胶做的一样；拖拉机转向左边又冲到右边，后来跃过栏杆——也可能是撞断栏杆——掉进了河里。

“我们听见一声又一声的巨响，听上去好像大炮。我数了：一共是六声。是纵向的缆索崩断了：它们断得干脆利落，位置都是在路面的高度，残断的半截因为反冲力往天空飞去。同时，桥面开始弯折；然后开始崩解，一块块落进河里。但有些残块还是挂在主梁上，像破布一样。

“然后一切都停止了。一切都是静止的，像经历了一场空袭，我不知道我看起来是什么样，但我旁边的人全身发抖、脸色发青，尽管他也是一个戴着头巾、皮肤暗黑的印度人。最后分析发现，桥身的两段垮塌了，这几乎就是全垮了，几条纵向缆索断了。另外，主缆索还在原位。没有动。那场面就像一张相片，只是河水依然流动着，好像什么都没有发生过。但风没有停，实际上还比之前更大了。好像某个人想要搞这些破坏，过后他终于满足了。我有个蠢想法：我在某本书上读到的，在古代，当人们开始架桥的时候，他们就杀一个人，把他筑进地基里;后来他们用动物代替了人，这样桥就不会倒。但就像我说的，这是个蠢想法。

“然后我离开了。毕竟，粗的几条缆索还坚挺着，所以我不需要重新干一遍自己的活。我了解到，之后他们开始争论事故原因，他们达不成一致，到现在还在争论。就我看来，当我看到桥面开始猛烈地上下晃动时，我立即想到了在加尔各答的那次着陆，波音飞机的机翼扇得像鸟的翅膀一样，尽管此前我已经飞了很多次，但我还是觉得那一刻非常凶险。但我不知道：跟风肯定有一些关系，有人告诉我他们现在正在重建那座桥，但这次在桥身上设计了一些通风口，这样风就不会遇到太大阻力。

“不，那之后，我再没有干过吊桥的工程了。我走的时候跟谁都没说什么道别的话，除了佩拉尔多。那工程太烂了。好像你对某个姑娘有好感，但她一夜之间便甩了你，你搞不懂原因，你痛苦煎熬，因为你不只是失了那姑娘，还失了自信。好了，把瓶子递给我，我们再喝一杯。晚上反正是我付钱。是的，我回到都灵，我开头跟你说过的那两个姨妈给我挑了好些姑娘，我差点儿就让自己陷进了跟一个姑娘的关系里，因为我意志消沉，毫无抵抗力：但这又是另一个故事了。最终，这些也都翻篇儿了。”

没有时间观念

整夜都在下雨，时而是在静默的风中飘来的绵绵细雨，微小细密，可与薄雾相混淆，然后又是疾风骤雨：客房附近搭着一个不知用途为何的货仓，雨点敲在棚顶的波浪金属板上，响声很大。流经我们附近的一条无名浅溪涨水了，整夜，水声穿透我的梦境，与福索内的印度故事所带来的洪水、灾祸的画面交叠在一起。黎明懒散、潮湿、暗淡，我们发现自己已被神圣、肥沃的萨尔马提亚（Sarmatian）平原的泥土包围了，那暗色的泥土细腻而深厚，滋养过谷物，吞没过入侵的大军。

小鸡在我们窗下四处刨啄，正如我们家乡在泥地里抢虫的鸭子。福索内没有放过这一机会，他指出，在这样的情况下，我们家乡的鸡肯定要淹死的；再一次确证了生物特殊进化的优势。管理营地的苏联男女们勇敢地走来走去，穿着及膝的长雨靴。我们两个则一直等到九点，通勤车这个时候本该来接我们去各自工作的地点了；后来我打电话询问过，但到了十点，情况就十分明显了，“一定尽快”这个极其礼貌的答复，其实意思是“今天不行，如果走运，明天或许可以”。车子堵在路上了，车子抛锚了，车子被派了其他任务；况且，他们始终也没有承诺过我们，电话那头温和的声音继续着，其中是熟悉的苏联式无动于衷——不愿对个人的特殊情况做特殊安排，不愿对多样情况采取相互协调的机动方案。“一个没有时间观念的地方。”我评价道。而福索内回我说：“这不过是他们不走心。不过，我不知道你，但我还是要为此付钱。”

我还在想着那个悬而未决的故事，他说他的姨妈给他介绍了一个姑娘，那个姑娘差点儿让他卷进了一场麻烦里。什么麻烦？

福索内闪烁其词。“麻烦。跟姑娘一起，你四次有三次都要有麻烦，尤其是你一开始不小心的话。双方没有理解，只有矛盾。她不让我说话，一直要我由着她说，于是我也这么干。我提醒你，她很聪明，她的脸蛋足够漂亮，但她比我大三岁，且身体上已经有点老了。我的意思是，她肯定有她的优点；但她要找另一种类型的男人当丈夫，上班打卡、回家准点儿，永远不喝倒彩的那种。况且，我这个年纪的男人，脾气开始古怪起来，而且对我来说，这可能都有些太晚了。”

他走到窗边，似乎面有愁容，处在一种阴冷的情绪里。外面的雨势已经缓下来，但刮起了大风：树挥舞着枝干，好像在打手势，你可以看到一些奇怪的、球状的灌木擦着地面刮过，它们直径或许有半米，甚至一米。它们连滚带颠地刮过，为了将种子散播开来而进化成这副形状。它们已经干枯，同时又隐约活着，仿佛是从但丁笔下彼埃尔·德拉·维涅的森林[1]里逃出来的。

我低声含糊地说了些安慰的话，一些合宜的话，我向他表示，他可以跟我比比年纪。但他仿佛没有听到，继续讲下

1 彼埃尔·德拉·维涅（Pier delle Vigne）是弗雷德里克二世的臣子，后因冒犯君主被判入狱，不久后自杀。但丁在《神曲》中写到他在自杀之林（Woods of Suicide）中自尽；威廉·布莱克（William Blake）后来画过一幅以此为主题的画，风格阴郁。

去："曾经有段时间还容易些，但我没有停下来好好考虑过。我天性实在腼腆，但在蓝旗亚，半是为了公司，半是因为他们派我去了维修部，我学了焊接，我胆子大起来，获得了自信。是的，焊接很重要，我说不上为什么。或许是因为它不是什么天然的工作，尤其是自熔焊接：它不模仿自然，它与其他任何工作都不相似；你的头、你的手、你的眼都得自己学习适应，尤其是眼睛，因为当你把挡开强光的面罩放在眼前的时候，你看到的只有黑暗，在黑暗之中，焊接缝像一条小小的发光的虫子在往前爬，它必须保持稳定的前进速度。我甚至看不到自己的手，但你若没有把握得刚好，你若有一丁点儿的闪失，你完成的就不是焊接，你会搞出一个洞。事实是，当我在焊接上干得有信心之后，我在其他事上也有了信心，甚至走路也是。在这里也一样，我在我父亲铺子里的经历恰好派上了用场，因为我父亲——愿他的灵魂安息——教了我用铜片做铜管。你不能买半成品：你要买铜片，你把边缘用锤子敲成薄边，两侧边缘搭到一起，在衔接的地方覆上硼砂和黄铜砂，然后将它放到焦炭炉上，不要太慢，也不要太快，否则黄铜砂可能会跑出来或化不了。整个过程都不需要仪器。你大概对这样的工作有个概念了吗？然后，你用那根粗管子在管材拉拔机上做小管子，用一台手动绞车拉管子，当管子整根通过之后给其退火。这非常难以置信，但最后你几乎注意不到接缝，只有那条非常浅的黄铜的线。你用手指摸过去，感觉不到任何东西。现在当然完全不同了，但我想到的是，有些活儿——如果学校不教罗慕路斯和雷慕斯[1]，而教一教这些，每个人都会收获些益处。

“我说的是：学焊接，或多或少地让我学会了一切。于是我得到了我第一份重要的装配工作，其中涉及了焊接；我其实还带了个姑娘和我一起去。跟你说实话，白天我不知道拿她怎么办；而她呢，这个可怜的姑娘，会跟着我去工地，坐在塔下面的草地上，一根又一根地抽着烟，百无聊赖；我在上面可以看到她，她看起来好小。那个工程在山里，在瓦莱达奥斯塔（Val d’Aosta），那是个美丽的地方，那时是六月初，也正是好季节。我们必须装完整条高压线上的铁塔，然后还要拉电缆。我当时二十岁，刚拿了驾照，当公司通知我开上敞篷小卡车，带着车上的设备，拿上预付款动身出发的时候，我自豪得像当了国王一样。那时我母亲还活着，她住在乡下，所以我什么也没跟她说，而显然我跟姨妈们说得更少，因为说到姑娘的事情，她们总以为自己处于垄断地位。她是学校里的老师，那时她正在放假。我认识她不过一个月，我会带着她去盖伊酒吧跳舞。她简直不敢相信，爽快地答应了；她不是那种挑三拣四的姑娘。

“你可以想象到，一下子坐拥三件美事——姑娘、重要的工作、汽车旅行，我就像一台调好的发动机一样轰隆隆充满干劲。那个时候的二十岁，就像如今的十七岁一样，我像个傻子一样开车。虽然我没有多少马路经验，敞篷卡车开着也

1 罗慕路斯和雷慕斯（Romulus and Remus）：罗马神话当中的人物。

有点吃力，但我在路上看见什么都要超过去，我还会制造一些千钧一发的时刻。而且我提醒你：那个时候还没有超级高速公路。那姑娘很害怕，而我呢——你知道那个年纪的人都是什么样的——因为把她吓着了而更加来劲。过了一段时间，车发出了两三声咔啦声，然后停了下来：我打开引擎盖开始对着发动机胡搞一气，制造出各种我自己臆想的感觉，但我跟你说实话，我不知道怎么修引擎，我也看不出到底哪里坏了。过了一会儿，那姑娘不耐烦了。虽然我不愿意，但她还是拦下了一个高速公路巡逻警察来帮忙。他一分钟之内就发现了问题，他把一根小树枝探进油箱，然后拿给我看：里面一滴油也没有了。事实上，我知道油表坏了，但我因为姑娘把这事忘了。他走了，没做什么评价；但我觉得有些失面子，或许这是好事，因为那之后我便开得更理性一些了，一直开到目的地，没遭遇任何事故。

“我们在一家便宜的旅馆住了下来，分了两个房间——表面功夫要做足；然后我到电力公司的办公室报了到，而她自己出去散步了。我跟你讲过一些其他的工程，跟我此后干过的工程相比，这个工程算不了什么；但这是我第一次离开铺子外出工作，我热情满满。他们带我看了一座差不多已经完成的铁塔，告诉我另一位装配工病了，他们给了我图纸，跟我讲了连接细节，然后便把我扔在了那儿。那是一座用镀锌管子搭成的铁塔，是Y形的。那里的海拔大约是一千八百米，在石头的背阴处还有一两块残雪，但草地上已经满是鲜花。四处都可以听到水流滴滴答答，像下雨一样，但其实不是，是融冰，因为夜里依然会结冰。铁塔三十米高：起重机已经架起来了，地面上有木匠的工作台，他们在那里准备待焊接的部件。他们给了我一个奇怪的表情，起初我不明白其中的原因：后来，当我们相互了解一些的时候，我才知道，原来第一个装配工没生病，他是因为事故进了医院。直截了当地说，他一脚踩空摔了下来——所幸不是从特别高的地方摔下来的——正带着一堆摔断的肋骨在医院养伤。他们认为最好还是告诉我，不是想吓唬我，而是因为他们都是有常识的人、工作上的老手，我的样子他们都看在眼里：我精神昂扬、神气活现地干活，下面有姑娘抬头看着，而我在上面胡闹，爬到二十米的高度却连安全带也不系。

“嗯，到如今我已经干过许多工程，有在意大利的，有在国外的：有时他们会用规章制度和警告限制你，就像你是弱智或婴儿似的，尤其是在国外。另一些时候，你想干啥他们都由你去，因为即使你摔破了头盖骨，保险公司也会赔你个新的。但不论是什么情况，你要是不小心，迟早要遭殃；学会小心做事比学手艺更难。一般来说你总是事后才能学会，在真的遇上什么麻烦之前，总是很难学着注意。幸运的是你很快就遇上了麻烦，还是个小麻烦。如今有安全检查员，他们什么事情都要插一脚，不过他们是对的。但即使他们全是天才，知道每个工种的诀窍——这当然是不可能的，因为总是有新的工种，新的诀窍——你就相信再也不会发生事故了？这就像是相信假如每个人都遵守交通规则就再也不会有车祸了。但你能说出一个从没出过事的司机吗？我就这个事情想了很多次：事故不应该发生，但它还是在发生，而你得学会始终睁着自己的眼睛；否则干脆换个工作。

“不管怎么样，我安然无恙地干完了这个工程，甚至一点擦伤都没有，这只是因为上帝保佑酒鬼和恋人。但是，我提醒你，我不是酒鬼，也不是恋人：对我来说重要的就是在那个姑娘眼里表现得帅，她一直在草地上看着我。我现在想起来，脊背都会发凉，而这中间已经隔了很多年。我在铁塔上爬上爬下，挂在铁杆上，从头到尾不用梯子，动作还像泰山一样快。我做焊接的时候，没有坐着或者骑在横杆上——明智的人都会这样做，我用双脚站着，有时甚至单脚站，在上面猛力敲打，唱着老情歌。我也很少看图纸。我真的得说检查员是个好人，要么就是他的视力比较差劲儿，因为我说工作完成的时候，他慢慢地爬上去检查，我做的所有焊接，加起来得有两百个，他像父亲般和蔼，只让我重新焊了十二个。但我自己可以看出，很多地方我都是敷衍了事，到处是疙瘩和气泡，而另一边，那个受伤的人焊的地方，看起来则像刺绣一样。但这只让你看到世界是多么公平：小心谨慎的人摔了下去，而我这样净干蠢事的却毫发无伤。我还得说，要么是我胡乱焊的还挺牢，要么是设计过于保守，因为那个铁塔还在那儿，而且起码已经屹立了十五个春秋了。嗯，这是我的缺点，我不会说我突然很渴望去印度和阿拉斯加，但当我做完一个工程的时候，好坏基本都不会差太远，时不时我就要去看看，像走亲戚一样，像我父亲常去看他的酿酒器一样。所以如果有假期，我又没什么更好的事情可做，我就收拾收拾出发。那个我跟你说的铁塔，我喜欢去看它，即便它没什么特别的，在所有路过它的人中，也没有一个会多看它一眼；但是，它毕竟是我的第一个工程，而我之所以会去还因为那个我带去的姑娘。

“起初，我觉得她有点奇怪。我没有任何经验，我不知道其实所有的姑娘都是奇怪的，不是这方面就是那方面，如果一个姑娘不奇怪，说明她其实比其他姑娘更奇怪，因为她反常；我不知道你有没有明白我的意思。这个姑娘来自卡拉布里亚；我的意思是，她的父母是从卡拉布里亚北上过来的，而她是在我们那一带上的学，你只能从她的肤色、发色，以及有点娇小的身材看出她是从南方来的：从她的口音里你是听不出来的。她为了跟我去山里，跟家人吵了一架，但没有那么严重，因为她家里有七个孩子，多一个少一个并没有太大区别，再加上她又是最大的，在学校教课，所以还是蛮独立的。我告诉你她在我看来有点奇怪，但多数时候其实是当时的情况很奇怪，因为对她来说，这也是她第一次离开家人、走出城市；而且我又是带她去她从没去过的地方，什么都让她觉得惊奇，从夏天的雪到我为了让她印象深刻而做的种种显摆，都是如此。总之，在那里的第一个夜晚是我永远不会忘记的。

“那是淡季，旅馆里只有我们两个人，我觉得自己简直是世界的主宰。我们点了一份豪华大餐，好吧，可能她没有那么饿，但是我，在户外度过了一整天，耍了一天的体操杂技，简直饿得跟野狗一样；我们还点了很多酒。我酒量不错，这一点你知道；但是她，晒了那么久太阳，原又不怎么会喝酒，而且我们俩就像在沙漠里，单独待在一起，周围有一些人，但我们也不认识，再加上稀薄的空气：事实就是，她一直大笑，讲个不停，但她平时是非常沉默的；最要紧的是她激动得让我有些担心。我认为她甚至有点发烧了，因为人要是不适应，晒太阳可能会有这样的影响。换句话说——长话短说，吃完晚饭我们在外面走了一会儿，因为天虽然开始凉了，但还没全黑，你可以看到她脚步有点不稳，也许她是装的；她挂在我身上，说她想上楼睡觉了。所以我就把她扶上了床，当然不是她的床，因为开两间房只是给别人看的，好像那里有人会在意我们做什么似的。那天晚上后来的事我没必要说了，因为你自己也可以想到，况且，在这方面，你如果有需要，也可以跟周围人打听。

“三天我就完成了焊接的工作，由于另一座铁塔已经焊好了，就要开始拉电缆了。你知道，从地面上看，它们就像一条条丝线，但其实它们是铜的，大约十毫米粗：我的意思是，掌控起来不是那么容易的。但跟我同你说的在印度的那个拉缆索的工程比起来，这当然简单得多，不过你要记得这是我第一个工程，而且松紧要调得刚刚好，尤其是两根侧面的电缆，挂在‘Y’伸出的两根枝上的电缆；不然整个铁塔的基座都要承受压力。但不用担心：除了那个在我之前的装配工遭遇的事故以外，这个故事里没有别的事故了。之后也没发生任何事故；事实上，像我之前跟你说的，它还好好地挺立着，看起来像新的一样。因为，你知道，在电线和吊桥——比如印度那座著名的吊桥——之间，有着巨大的差别，因为人在桥上走，但电线上通过的只有千瓦时。我的意思是，电线有点像你写的书，或许优美并有种种妙处，但另一方面，即使它们有点缺陷——原谅我这么说，也没人会死，唯一有损失的就是买了它们的顾客。

“拉电缆其实不属于我的工作范围；我本该回去的，但完成了焊接之后，工作通过了检查，我直接去了办公室，请他们给我安排别的工作，因为这样我跟那姑娘的事情就能维持得久一点。我得说那时候的我在某些方面胆子很大，是如今的我想都不敢想的：我说不上来为什么，或许只是在那样的情况下，我需要厚脸皮，而厚脸皮造就了能力。实际是，他们打电话去了都灵，协商一致，延长了我居留的时间。倒不是说我远比别人都聪明，而是整个工作队其实都是一帮木头木脑的家伙，再有就是，不谦虚地说，我非常强壮，他们用得上我。唔，你信吗？我当时没意识到，但至少从他们的做法来看，那活儿简直是牲口干的。跟那里的活儿比起来，蓝旗亚的工作简直是给年轻小姐干的。是的，铜电缆很沉，很硬，同时它又很精细，因为就像辫子一样，一旦刮到石头，其中某根铜丝断了，我们也就跟整根电缆说拜拜了。它会跑丝，像女人穿的丝袜一样，假如客户同意的话，你得扔掉好几米电缆，再把分开的两截接起来。这时无论你做什么，最后结果都会很次。所以，为了不让电缆刮到地面，你得把它抬起、拉紧，不能让它下弯，你得从卷轴上端解线，不能从底端解，这是为了让线离地面有一定高度。但换句话说，我们的工作队，除了坐在你面前的我以外，其他都是一群废柴，这让我想起《伏尔加船夫曲》，唯一不同的是，我们没有像歌里唱的，一直拉到死，我们只是‘哎哟嗬’到下午六点。我想着那个姑娘，这样可以鼓舞自己，但同时，我的手每干一天活儿就多一些水泡，当我和那姑娘在一块儿的时候，它们就变得很恼人；但更恼人的是，她每天都要看着我像驴拉马车一样拖那些电缆。我试过换起重机，先把电缆全部抬离地面，然后把它送到绝缘工人手里，但没用。你知道这里的道理：一份工作要是又舒服又挣钱，黑手党就马上冒出来了。没用：我得每天像伏尔加船夫一样，一直干一个星期，最后两天是上坡路，电缆不但弄伤了我的手，还把我的肩膀蹭脱了皮。

“当我劳动的时候，那姑娘在镇上四处逛，跟当地人闲谈；一个美好的夜晚，她跟我讲了自己的周末计划。说实话，不论她具体安排是什么，单就她有安排这件事就让我有点恼火，因为我还在苦干电缆的活儿呢；但出于礼貌，我没做反应。或者说我起码努力克制了自己的反应，但那姑娘大笑着说，从我挠鼻子的模样她就能看出我在想什么。我还有更好的理由：也就是，全凭力气拉电缆拉了六天之后，我更想睡觉，而不想爬山。或许我是更想做爱，但不管怎么样我都要在床上过周末。但现在她的脑子里已经被人塞满了‘大自然’之类的东西：在架了电线的山谷附近有另一个山谷，那儿有个棒呆了的地方，那里可以看到冰河啦，野山羊啦，瑞士群山啦，冰碛石啦——反正我也不知道那是什么鬼东西。我一直以为那是某种可以吃的鱼。但是，长话短说，她戳到了我弱点，要面子：她半开玩笑半认真地叫我懦夫、懒鬼，以及其他一些什么的，虽然她是从卡拉布里亚来的，但她用的是皮埃蒙特方言。后来，周六那天，营地的汽笛一响，她就用针把我当天起的新水泡都扎破，往我肩膀的伤口上涂了碘酒；我们收拾了自己的东西就出发了。

“看，我都不知道自己为什么要跟你讲这个故事，或许是因为这个国家，这场一直下不停的雨，还有一直也不来接我们的车：换句话说，可能是这种对比吧。我的意思是，因为她，我是说那姑娘，其实是对的。那地方的景色真的很美。我仔细想想，其实还有另一种对比：二十岁和三十五岁的对比，第一次做一件事和这件事已成习惯的对比。但我还是要跟你说这些事，你比我年纪大得多，我心里觉得其实没必要。

“像我说的，她四处打听过了，并且决定了我们要在一间供登山者住的小屋里度蜜月（她用的就是这个词，但我并没有那么确信）；我现在不记得名字了，但那个地方对我来说很难忘记，那天晚上我们是在那里度过的。不是因为我们在那里做爱了，而是因为此外的事物。我听说如今他们会用直升机把人送到那里，但那时候那些小屋非常简陋，大多数人，包括那些睡在新门（Porta Nuova）车站的流浪汉，如果被迫在那些小屋里睡觉，都会抱怨。小屋的形状像半个桶，材质是马口铁，面积是两米乘两米，有一扇进出的小门，像给猫用的，屋里只有一张马鬃床垫、几条毯子、一个像鞋盒那么大的炉子，如果你运气好的话，可能还会有上个住客留下的一些压缩饼干。因为小屋是半圆柱状的，大概一米高，可能更高一点，也可能更矮一点，你需要手脚并用地爬进去。屋顶上有一些分量很重的铜条，它们可以用作避雷针，也可作为支柱，防止刮大风的时候所有东西都被吹跑；还有一根铁铲直指向天空，它的把手大概有两米高，这样在换季的时候，它就能从雪里面伸出来，作为一个信号。当小屋被雪埋掉的时候，你还能用它把雪铲掉。

“水不是问题。那个小屋建在一块巨石的尖坡上，往下两米是一条平顶冰川。我非常想在上面走一走，但那姑娘说这样太危险了，因为冰川上有裂缝。如果你掉冰缝里，他们都不会来拉你上来，因为他们事先知道这肯定是你自己的错，况且，也犯不着捞你，因为一般来说，你一掉到底就已经被砸下来的冰块和自己的恐惧弄死了，如果你没死，也会在救援队来之前被冻死。他们在山谷里的导游办公室已经把这些都同她解释了。这是否全是真的我没法保证，因为看到我们这样一对初来乍到的人，可能他们自己还要采取预防措施。我刚刚说水不是问题，因为好几个星期以来，天气都是暖的，冰川上的雪在融化，只剩下冰，水在冰中挖出一条条细细的带点绿色的通道，许许多多的通道并列平行，好像晕滃线。你看，要发现奇怪的事情有时你不一定非要去阿拉斯加。在这些小管道里流动的水喝起来有一种我从没尝过的滋味，我没法向你解释，因为你知道描述口味和气味有多么难，除非你打比方，比如说像大蒜的气味或者蒜味腊肠的味道。但我其实想说那水的味道喝起来像天空，而事实上，它也是直接从天空中来的。

“吃饭也不是问题，因为我们带了所有必需的东西，一路上还捡了一些柴火，我们甚至生火做饭了，像人们以前干的那样。当夜晚来临的时候，我们发现头顶上的天空好像是我从没见过，甚至从没梦想过的，满天的繁星其实让我都有点承受不住；我的意思是，对于像我们这样的两个人——来自城市，一个装配工，一个老师——来说，这画面太夸张了，它是一份显得浪费的奢侈。我猜二十岁的时候我们都是那么疯狂吧！想象一下：我们一直想到半夜，想为什么会有这么多的星星，想它们是做什么用的，它们存在多久了，而我们又有什么用，我们死后会发生什么……我的意思是，净想些对头脑清醒的人——尤其是对一个装配工——都没意义的问题。我们如何消磨了后半夜你想想就知道，但在那样完全静谧的环境下，这样深的黑暗之中，我们仿佛身在另一个世界，我们甚至感到害怕，这也是因为，时不时我们就能听到一些不明来源的声音，像远方的雷声，像坍塌的墙壁，遥远但浑厚，让我们下面的岩石都震动了。

“但接着，到了夜里的某个时刻，我们开始听到一个不一样的声音，这个声音真的吓到我了，不是差点儿吓到：而是我真正生出了恐惧，我其实已经穿上鞋打算出去看个究竟了，但那姑娘低声说：‘别，别，不要管它了，你会感冒的。’这样我又不太想去了，于是立即掉转头来，钻进了毯子里。这声音听来像锯子发出的，只不过锯齿已经参差不齐，钝了，好像在试图锯小屋的金属；而小屋像一个音箱，发出一种不可思议的喧哗声音。它懒散地击打着，打一两下，然后是静默，之后又是一两下。嗯，这段故事的中心意思就是，凭着外头冷的借口，我们在屋里一直待到可以看到门上出现一线日光，也是因为那拉锯的声音停了；只剩下噗噗声，之后它也变得越来越弱。我走出去，有一头野山羊，它正倚着小屋侧面墙躺着。它很大，但看起来生了病，皮毛上全是杂乱的斑，有些丑;它淌着口水，还时不时咳嗽。或许它快要死了，我们想，它或许是想叫醒我们、让我们救它，或许是想进屋死在我们身边，想到这些，我们觉得很悲伤。

"你信吗？这就像某种讯息，好像它用角撞击小屋的金属墙是想告诉我们什么事。我以为，那时自己跟那个姑娘是刚开始；但不是，这已经是结束。一整天，我们都不知道跟对方说些什么；后来，我们回到了都灵，我会给她打电话，提议一起做什么事，她不会拒绝，但她答应时也是一种很容易就能听出来的'忘了吧'的语气。我不知道；她一定是找到了比我好的人，一个上班打卡的人，我不是说她不对。想想我过的日子，如果跟我，比方说现在，她就得是一个人。"

门被猛地推开了，一阵蘑菇的香气顺风飘进来，与此同时一个司机进了房间，他裹着一身防雨的工作服，因为淋了雨还闪亮光。他看起来像个深海潜水员。他向我们解释，车来了，就在大门外等我们。两辆车？不，不是两辆。一辆，但很宽敞。我们向他说明，我们得去不同的方向，但他说不要紧：他可以先送我，然后送福索内，倒过来也行，随我们。走到大门口，我们看到的不是轿车，而是一辆旅游大巴，有五十个座位，随我们坐。我们会到达各自上班的地方，只不过福索内要迟到两个小时，而我，起码三个小时。“一个没有时间观念的地方。”福索内又说。

锥齿轮

"……因为你不能认为，我们国家就是唯一的人人要手段的地方，只有我们的人民擅长使诈，而我们自己从来不上当。而且，我不知道你旅行过多少地方，我去过很多地方，我发现，你不能用学校里教的东西和玩笑里的内容去思考各个国家。你知道我在说什么：英国人全都是沉稳得体的，法国人都满嘴跑火车，德国人都是榆木脑袋，瑞士人都是直肠子。哈！不是这样的，完全不是。全世界其实都一样。"

几天之间，冬日便侵袭了我们：外面正下着干燥、粗粝的雪；时不时会有一阵风掷来一把小颗粒的冰雹，砸在食堂的窗户上。穿过打着旋的雪花，你可以模糊地看到四周围着黑压压的森林。我试图打断福索内并声明我并不是他想的那般天真，但没有成功：我去过的地方没有他多，但我也足以意识到，作为流行地理学之基本来源的老套说辞是不可信的。没用：阻挡福索内的故事与阻挡潮汐海浪无异。此时正是他的涨潮期间，而且你不难辨识出，在开场铺垫的序幕后面，那故事臃肿的肉体正在成形。我们喝完了咖啡，味道令人作呕，正如所有把咖啡这个词的重音放在第一个音节的国家一样（这是福索内告诉我的）；我递给他一支烟，但忘了他不抽，至于我自己，前一天晚上我开始意识到自己抽烟太凶了，已经发了个庄严的誓决定戒掉它。但坦白说来，在喝了那样一杯咖啡之后，在那样一个夜晚，你还能干什么呢？

"像我刚刚说的，全世界其实都是一样的。这个国家也包含在内，因为这恰是故事开始的地方。不，不是现在：是六七年前。你记得那次我们乘船出游吧，和不一样一起，那酒，那几乎像海一样的湖，还有我指给你看的远处的大坝？找个周日我们一定得去看看，我想让你看一下，因为那是一件精致的作品。那些人有点头脑迟钝，但干起大工程来他们比我们厉害，毫无疑问。嗯，工地最大的起重机——正是我安装的。我的意思是，我是那个组织这一工作的人，因为它是那种能自己立起来的机器。它们直接拔地而起，像蘑菇一样，看起来非常壮观。如果我动不动就说这件装起重机的事情，你得原谅我；到现在你应该知道，我属于那种热爱自己工作的人。即使有时非常不舒服：举个例子，那一次，我们在一月干工程，周日也干活儿，一切都冻住了，连给绳索用的油都冻住了，我们只好用蒸汽做软化。后来，框架上结了冰，平均是一英寸（约 2.5 厘米）厚，跟铁一样硬，这样配件就合不上了。我的意思是，它们滑的时候没问题，但到了顶部，就卡住了。

“不管怎么样，我们还是到了最后验收的那天。有些办法比另一些更烂，像我跟你提过的；但在那个工程里，也不单在那个工程里，如果没有困难，事后说起来也没什么意思了。而且你知道，你自己也说过：讲述是人生的乐事之一。我不是昨天才出生的小毛孩子，显然我已经前前后后自己把工程一部分一部分地检查了一遍：所有地方都运行顺畅，装载测试也一样。完全挑不出刺儿。验收日总是像一场庆祝会：我把胡子刮得干干净净，在头上抹上润发油（嗯，是的，在那后面我还有一些）。我套上自己的灯芯绒外套，提前了半个小时来到工地，准备就绪，等待检查。

“翻译来了，总工程师来了，还来了一个那种你不知道她们到底是干吗的小老太太，她们什么闲事都要管，问一堆毫无意义的问题，在纸上写下你的名字，狐疑地看着你，最后自己坐到一个角落里开始打毛线。大坝的工程师也来了，是个女工程师：和蔼，亲切，长了一副很宽的肩膀，还有个拳击手那样的塌鼻子。我们在食堂碰见过许多次，甚至建立起了一种友谊：她有个窝囊的老公，三个孩子，她给我看过他们的照片；在拿到大学文凭之前，她在一个苏联集体农庄里开拖拉机。在桌上的时候她算得上一道风景，她胃口像头狮子，饭前会喝一百克的伏特加，一饮而尽，像没事人一样：正是我喜欢的那类人。一些游手好闲的人来了，但我不知道他们是谁，那天一大早他们便已经半醉了。其中一个手里还拿了一大瓶酒，他们自顾自继续喝酒。

“最后检查员来了。他是个面黑个矮的男人，穿着暗色西装，约莫四十岁，高低肩，长了一张消化不良的脸。他甚至看起来都不像苏联人：他看起来像只挨饿的猫，没错，有种猫喜好吃蜥蜴，它们长不大，变得很悲哀；它们也不再舔自己的毛，叫起来不是‘喵喵喵’，而是‘呵呵呵’。但检查员差不多都是那样：这不是什么有意思的职业。你要是没什么难搞的地方你就不是个好检查员，如果你恰好原本没什么难搞的地方，慢慢地你也会培养出某种难搞的癖好，因为人人都盯着你呢，生活不容易的。但他们还是有存在必要的，我自己明白这一点，正如泻药也是有其必要的。

“他来的时候，大家都不说话了。他打开电源，爬上梯子，钻进控制室，关上门，因为那时候起重机所有的操纵装置都在控制室里。现在？现在都在地上，因为有照明设备了。他关上控制室的门，大喊着让下面的人群给他腾地方，大家都把路让了出来。他测试了传动装置，一切正常。他让小车在横臂上来回移动：看起来就像湖面上开着的船一样顺滑。他钩起一吨的重量，拉起来：完美，好像这机器完全感觉不到重量一样。然后他测试了一下旋转，该死的一下就绷不住了：本来好好的、三十多米长的横臂开始晃起来，发出的嘎吱嘎吱声让你的心也跟着痛。你知道，当你听到运转不顺的设备摇摇晃晃，摩擦出刺耳的声音时，你会很痛苦，就像那也是个人一样。它猛震了两三下，然后突然停下来，整个结构颤动着，从右晃到左，从左晃到右，好像在说不，天哪，快停下吧。

“我开始冲上梯子，同时对上面的人喊，行行好，千万别动，也别去试其他操作。我爬到顶部，我发誓那简直就像置身一场海上的暴风雨；那个小个子男人温和平静地坐在座位上，在笔记本上写着报告。那时候我会说的俄语不多，他则一点意大利语也不会：我们靠着仅会的几句英语说下去；但你可以想象到，控制室还晃着，大家惊魂未定，还有语言障碍，我们全程都吵得很离谱。他一直在说不不不（nyet），机器是坏的，他不打算让它通过。我则拼命跟他解释，我想在报告签字之前冷静地把一切搞清楚。我已经有怀疑对象了：第一，像我刚才说的，前一天我测试过了，一切正常；第二，因为我观察到一段时间以前，有些法国人在附近闲逛，我知道还有三个像这样的起重机参加竞标，而我们公司只以极其微弱的优势取胜，法国人屈居第二。

“不是为了老板，你清楚的。我没那么在乎老板，只要他能给我开公道的薪资，让我按自己的方式干活就行。不，是为了工作本身：架一台那样的机器，运用你的手和脑花许多许多天做这项工作，看着它这样长大，像树一样，又高又直，又牢固又细长；于是，如果它突然坏了，你会很痛苦。就像怀孕的女人看到自己生的孩子身体残疾或智力迟钝一样；我不知道你能不能明白我的意思。”

我明白。听福索内讲述的时候，我心里有一个假想开始慢慢凝聚，那时我还没有想得很透，但现在我可以向读者坦陈一下：自由这个词，出了名地意义众多，但或许最容易获得的自由，人们主观上最享受的、对人类社会最有用的自由，包括了长于自己的工作，因而在工作中获得快乐。

“总之，我等到他下来，然后开始仔细检查情况。锥齿轮肯定有点问题……有什么好笑的？”

我没在笑，我只是不自觉地露出了微笑。十三岁之后，我就不再玩麦卡诺模型[1]了，那以后，我也再没接触过锥齿轮，在我记忆里，这样一个像工作一般的游戏让我感到孤独而紧张，我记得那黄铜做的极小的锥齿轮，细磨过、散发着铜的

1　麦卡诺模型（Meccano set）：这种模型组件包括了金属条、板材、大梁、轮子、滑轮、齿轮、轴环和轴杆、螺母和螺栓等，可以组装成各种物品。

光泽，这些一时间触动了我。

“这是一种非常精细的组件，你知道吧，比常规的齿轮远为精细。装起来还要更难，如果你用的油不对，它就会把机器卡得死死的。说到这个，我不清楚，因为我从来没摊上过，但做没有困难的工作，全部进展顺利的工作，一定相当无聊；长期来看，你也会变笨。我认为人天生就像猫一样，抱歉我又提猫了，但这次是因为职业。如果它们不知道干些什么，如果它们没有老鼠可抓，它们就会相互挠，在屋顶上窜来窜去，要么就上树，如果下不来的话，还要嚎。我真的相信，如果要开心地活着，你得有点什么事做，但不能是太简单的事，要么就有梦想，但不是那种天方夜谭：要有希望实现的那种。

“但说回到锥齿轮。五分钟之内我就搞清楚了：校准线。你明白吗？最脆弱的地方，因为你可以把锥齿轮称为起重机的心脏，而校准线呢……嗯，没有校准线，齿轮运转两圈后就成废铁了。我不细说了：去了些懂行的人，把支撑座上的洞都一个个重新打过，重新安上齿轮的底座，它虽然看起来直，但其实已经歪了。这简直是艺术家的作品，如果他们不是看起来想揍我的话，我简直要开口赞美他们了，但我气得像头牛。很明显，是那些法国人，不是他们干的就是他们找人干的，我不知道，或许是检查员，他那么着急要写报告。

“……肯定的，我们提出了抗议：目击证人，另一个检查员，诉讼。但诉讼还悬在那里，像一道阴影，一个油渍，而且很难去掉。那么多年过去了，诉讼还在持续：斯维尔德洛夫斯克技术院的专家给出了八十页的证明，还有负荷测试报告，照片，X 光，什么都有。你觉得它怎么才能了结？我已经知道当铁的事情变成纸的事情之后会怎么样了。结果肯定不好。”

凤尾鱼一

我从盘子里抬起头来，跟自己念着但丁的话，“你希望我重新开始……”福索内的总结触动了我的神经。那个斯维尔德洛夫斯克技术院恰好就是我此时的敌人；它迫使我离开我的工厂、我的实验室和我又爱又恨的书桌，把我发配到这个地方来。和福索内一样，我也被一份双语材料的危险阴影笼罩着；我也是作为一个被告来到这个地方的。我甚至感觉，这件事情有可能是一个转折点，是我俗世旅程中一个独特的时刻；为此，我奇怪的命运认定，我人生的转折点应该发生在这个幅员辽阔的、奇怪的国家。

因为被告的身份总归叫人不大舒服，所以这将成为我化学家生涯最后的旅程。之后：句号，分段。我虽有不舍，但绝无遗憾，我将步上另一条路，因为我仍有选择，而且对此有强烈的感觉：那条作为故事讲述者的路。我自己的故事，只要还有的讲，我便讲下去；接着还有他人的故事，偷来的、抢来的、敲诈来的，以及作为礼物奉送的：比如说，他的故事，但还有不来自任何人却属于所有人的故事，空气中飘着的故事，薄纱上画的故事，只要对我来说有意义，或者能让读者感到一刻新奇或开怀一笑，便都可以。有人曾说，不惑之年才是生命之始：唔，对我来说，生命的开始，或者说重新开始，将会在五十五岁。说到这个，可能的是，在花了五十多年时间组织理论上应该对我的邻里有用的长分子，同时不断说服那些邻里我的分子的确对他们有用之后，我可能已然习得了一些组织语言与思想的诀窍，抑或习得了我的同人——人类——的一些一般或特殊的属性。

在我的反复请求之下，福索内犹豫再三，终于同意，我可以讲述他的故事，这就是本书的成书经过。对于法庭指派斯维尔德洛夫斯克的专家调查的事，他向我显露出了一种审慎的好奇："所以你来这里是因为搞砸了事情。别太往心里去。我的意思是，我不太往心里去；不然你就完蛋了。最优秀的人也会这样，会失误，或者给别人的失误擦屁股；总之，我想象不到哪个职业会没有干砸的活儿。嗯，我的意思是，也存在这样的职业，但它们不算真正的职业；它们就像放到牧场里的奶牛，但至少它们产奶，而且它们还会被宰。或者说像那些在广场上一边耍碗一边自说自话的老头子。跟我说说，说说你办砸了什么事。我已经跟你说了很多我的事了，这次轮到你说了。这样我就能做个比较。而且，听听别人的烦心事儿，你就会忘了自己的。"

我告诉他了。

"我真正的职业，我在学校里主修的，也是到目前为止让我得以挣钱糊口的职业，是化学家。我不知道你对此有没有清晰的概念，但这份职业跟你的有点像；只不过我们装配和拆解的是非常微小的结构。我们有两大分支，一支是装配，另一支拆解或破坏，两种都像是有着敏感手指的盲人。我说盲是因为，实际上，我们处理的东西太小了，看不见，甚至用最厉害的显微镜也不行：所以我们发明了各种智能器具，以在看不到的情况下辨别它们。你得在头脑里想象这样一件事情：比如，一个盲人要说出桌上有多少砖头、分别在什么位置、彼此相隔多远并没有什么困难；但如果桌上不是砖头，而是一颗颗稻米，或者更糟，一颗颗弹珠，你可以想象，盲人就很难说出它们的位置了，因为你一碰到这些东西，它们就动了。嗯，这就是我们的处境。有很多时候，我们甚而感觉自己不只是眼盲，我们感觉自己像一头盲象，站在一张修表匠的工作台前，因为对于这些需要我们连接或拆解的小东西来说，我们的手指太粗笨了。

“换句话说，那些做拆解的人，那些分析化学家要能够在不破坏它的情况下一片片将结构拆解开来，至少不能破坏太多；然后他们要把各片结构在桌上一字排开，这自然也是看不到的，只是一个个将其分辨出来。然后他们再说出各片结构是如何相连接的。如今他们已有非常精妙的设备可以简化这一过程，但以前这些都是纯粹用手完成，需要不可思议的耐心。

“但我一直是一个装配型化学家，做合成的，换句话说就是，我们按要求搭建结构。他们给我一个模型，比如说，像——”

福索内一次次地解说了他的那些结构，此时，我也拿起一张餐巾纸，草草地画了一张图，大概像这样：

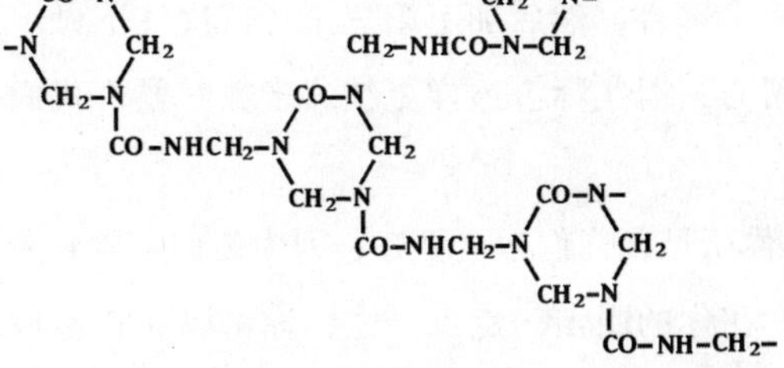

“……有时候，我也自己做模型，然后我不管用什么方法，都必须把它搭建出来。我有一点经验，所以很容易就能在第一时间判断，什么样的结构可以在那些不稳定的或立刻分解的零部件中成立，什么结构又只能在纸面上成立。但我们依然是盲人，在最优情况下，也就是处理简单且稳定的结构时，也是一样。我们是盲的，我们梦想有一种镊子，像口干舌燥的人梦想着泉水，我们可以用它夹起那些小片，直接稳稳夹住，在那些已经组装好的片段中找到它的准确位置，然后贴上去，可我们连这样的镊子也没有。如果我们有这样的镊子（可能有一天会实现），我们早已创造出许多目前只有全能的上帝能创造出的可爱的事物，比如说——或许青蛙和蜻蜓还不行，但至少可以组装出微生物或霉菌的孢子。

“但目前我们还没有这样的镊子，认真说起来的话，我们都是技术不过关的装配工。我们其实都像大象，面前放的是一个装有手表各个部件的封闭的盒子：我们力气很大，也很耐心，我们用尽了力气上下左右地晃动盒子。有时我们甚至会加热它，因为加热是另一种形式的摇晃。有时候，如果手表结构不太复杂，如果我们一直晃下去，也能成功地把手表装好；但你可以想象到，一次装一点才是更理性的办法，首先扣好两个部件，然后加上第三个，依次往下做。这样需要更多的耐心，但实际上这样更快。多数时候，我们都是这样干的。

“如你所见，你们运气更好，因为你们可以看着框架在你的手中、在你的眼前一点点变大，你可以在它慢慢增高的同时逐步检查，如果出了什么差错，修正也很容易。没错，干我们这行有个好处：我们的装配工作不单生产一个简单的结构，而是一次生产许许多多这样的结构。非常多，数目大到你想不到，有二十五或者二十六位数字。如果不是这样，那么显然——”

“显然你可以转行，”福索内这样帮我填上了后半句，“继续说。人每天都能学点什么东西。”

“我们可以转行。实际上，我们有时的确会转行：比如说，事情进展不顺，我们那些无限小的结构没有达到预期的效果，或者说它们达到了，但又冒出了模拟中没有预估到的细节——因为我们看不到。客户会先察觉到。是的，这恰是我现在在这里的原因：我不是来写故事的。故事说起来算是个副产品，起码目前是这样。我兜里揣着一封信来的，那是一封投诉信，因为我们提供的产品可能没有达标。如果我们这一方是对的，那么万事大吉，他们还得承担我的旅费；但如果他们那一方是对的，我们就要换六百吨货给他们，还要支付损失费，因为如果某个工厂达不到计划中的生产额，我们要担责任。

“我是个装配型的化学师；我告诉过你，但我没告诉你我的专业方向是涂料。这不是我根据自身的意愿或情况自己选的；只是因为战后我急需一份工作，我在一家涂料厂谋了个职位，我心想，总归比没有要好。然后我也没有不喜欢这份工作，所以后来我就成了专家，然后我就在这一行干了下来。我很快意识到，制作涂料是一种奇怪的职业。从操作角度上讲，这是制作薄膜，可以说是人造皮肤。实际上，涂料得具备许多天然皮肤的性质，而且我提醒你，这不是小事，因为皮肤是一件贵重的产品。化工皮肤也一样，必须具备各种相互冲突的性质：它要柔韧，同时抗刮擦；它要有附着肉——也就是基材——的黏性，但不能黏附脏东西；它要有漂亮精致的颜色，同时经得住日晒。它要能透水但同时要防水，这实在太有冲突性了，连我们人类的皮肤都做不到——就其防雨、防海水性能极佳这一点来讲。我的意思是，它不会缩水、膨胀或者溶解，但你如果做得太过，会得风湿病；这能证明少量的水的确可以透过皮肤，而汗绝对必须能透过，但只是由内到外而已。我告诉过你：这不简单的。

“他们曾请我研发一种涂在装食物的锡罐内部的亮漆，以供出口（亮漆，也就是说，不是罐子）到苏联。作为皮肤的话，它可以是一层绝佳的皮肤，我发誓：它要有对锡的强黏着力，能承受一百二十度高温杀菌，可包在特定圆轴上卷起而无裂纹，抗磨损——检测这一指标的仪器复杂得我都没法跟你描述。但是，最重要的是，它要经得起一系列东西的侵蚀，这些东西都是实验室里不常见的：我说的是凤尾鱼、醋、柠檬汁、番茄（亮漆不能对红色有吸附性）、卤水、橄榄油等。它不能沾上这些东西的气味，也不能把这些东西熏出味道：但要检测这些特性，我们只能仰赖检查员的鼻子。最后，这种亮漆需要能够在某种动作不间断的机器上应用，金属片从一端进入，从卷轴上拽出展开；在一种滚墨卷上擦过，漆上亮漆；过烤炉；然后被卷到货运卷筒上。在这样的应用条件下，它的效果要光滑亮泽，有一种金黄的颜色，它的明暗必须处于标准上附的两种样色之间。你懂我的意思吗？”

“当然。”福索内答道，语气好似受了冒犯。但涉及圆轴、分子、滚珠轴承和突缘等问题的时候，读者可能会在哪个地方不理解。好吧，对不起，我需要道歉，但有些情况没有比方好打。如果——这是有可能的——读者在少年时读过19世纪的航海故事，那么他可以理解船首斜桅和前甲板，他也一定很勇敢，会运用自己的想象，或者查字典。这对他可能最终也有用，因为我们生活在一个分子和滚珠轴承的世界。

“我必须马上告诉你，其实没人请我发明任何东西——类似的亮漆已经存在——但我不得不注意细节，确保产品能通过每一项检验，尤其是烤的时间，这段时间必须非常短。本质上说，这就像研制一种具有均匀紧实度的橡皮膏，纹路不能太紧，这样它能够保有一些弹性，但也不能太松，否则凤尾鱼和番茄就可能从其中透过。它还需具有许多结实的小钩子，可以缩成一种石棉布，在烤的时候紧附在基材上；但在烤过之后，它应该退去那些钩子，否则的话，在使用中它也会吸附颜色、气味和味道。它肯定也不能含有毒物质。你瞧，这就是我们化学师思考的方式：我们会努力模仿，就像你那位猴子帮手一样。我们在脑海里构建一个小机械模型，尽管我们知道它尚且粗糙、幼稚，但我们尽自己的可能去实现它，不过我们始终有一种放不下的羡慕，羡慕你们有五种感觉，在天地之间与旧敌人对抗，与厘米和米打着交道，而不用处理那些看不见的、微小至极的‘香肠’和它们联结形成的网状化学结构。我们的疲惫跟你们的疲惫不一样。我们不是累在脊梁，而是累在更高的地方；它不会在劳累的一天结束后出现，而会在你试图搞懂什么但又徒劳无功时来袭。一般来说，睡眠无法消除这样的疲惫。是的，我今晚就感觉到了这样的疲惫，这就是我现在谈到它的原因。

“所以一切都进行得很顺利：我们把样本寄给了国家工业委员会，等了七个月，得到了批准的答复。我们寄了一罐样漆给这里的工厂，又等了九个月，收到工厂的接受函，与此同时还有型号准入证书和一份三百吨的订单。天知道为什么，过后立刻来了另一笔订单，签名不一样，又要了三百吨，这次还标上了‘极度紧急’的字样。也许这是第一份订单的复印本，因为一些官僚型的混乱又寄了出来；无论如何，它也是官方的，而我们急需在年度营业额上做出个好势头，这恰恰满足了我们的需求。我们都变得非常客气，整个工厂里你见到的都是大大的微笑：六百吨亮漆非常容易生产，全都是一样的型号，价格也不赖。

“我们是负责任的人。每一批我们都会认真地抽样拿到实验室检查，确保样本始终符合我刚刚跟你说的所有要求。我们的实验室充满了新奇而让人愉快的气味，试验台看起来像食杂铺。一切正常，我们以为不会有任何问题，每周五，当卡车车队载着一罐罐亮漆出发去热那亚装船时，我们都会举行一个小庆祝会，吃掉一些原本准备用来做测试的食物，‘不能浪费嘛’。

“然后第一个警告信号出现了：一份措辞礼貌的电传要求

我们再用凤尾鱼测试一下某一批已经送出的亮漆。负责执行测试的女孩大笑道：我马上再去测试，但我对结果十分确定，那东西连鲨鱼都耐得住。但我知道这种事一般的走向，我开始觉得有点胃绞痛。”

福索内意外地露出了一个苦笑，脸因而皱了起来。“没错。我这里会痛，右边：我觉得是肝脏。但对我来说，如果一个男人从没有过不合格的测试，那他就还不是男人，就好像他还是第一次领圣餐一样。你想说什么就说吧，我很了解这样的事情；起初你觉得很可怕，但你如果不经历，你永远不会成长。就像挂科一样。”

“我清楚这样的事情一般的走向。两天过去了，来了另一封电传。这一封语气一点都不客气了。那一批亮漆耐不住凤尾鱼，同时送到的后一批也是。我们必须立即空运一千千克质量有保障的亮漆，否则——付款将被冻结，对方还要就损失提起诉讼。现在气温开始上升了，实验室里弥漫着凤尾鱼的味道：意大利的、大大小小的、西班牙的、葡萄牙的、挪威的；我们故意取两百克任其变质腐烂，来看它对锡罐会产生什么样的影响。你可以想象到，我们在涂料领域都相当灵光，但没有一个是凤尾鱼专家。我们准备了一次又一次测试，像疯子一样，每天做好几百次。我们让它们接触来自世界各个海域的凤尾鱼，但什么结果都没有。在实验室里，一切正常。然后我们想到，或许苏维埃凤尾鱼会比我们的凤尾鱼更有攻击性一点。我们立刻发了一封电传，一周后，样本就到了我们桌上。他们做事情都是这样豪迈：那是一个三十千克的罐子，而其实三十克就已经绰绰有余。或许这是寄宿学校或武装部队的特供量。我不得不说那鱼非常美味，因为我们同时也尝了尝。但没用。它们也一样，对所有的测试锡片都没有任何影响，连那些故意做了缺陷处理的也没有受到什么影响——这是为了模拟最不利的情况：烘烤不足，厚度不达标，测试前弯折。

“同时，从斯维尔德洛夫斯克发来的报告到了：我之前提到过。在楼上我的房间里，收在办公桌抽屉里面，我发誓，对我来说，它简直散发着恶臭。不，不是凤尾鱼的臭：仿佛从抽屉里散发出一种臭味，污染了空气，尤其是夜里，因为我夜里常做奇怪的梦。或许这是我的问题，我太把这件事往心里去了……”

福索内看起来一脸同情。他打断了我，跟柜台后面昏昏欲睡的姑娘点了两杯伏特加：他提醒我这伏特加不一般，是违法蒸馏的，事实上它闻起来也不寻常，气味让人愉悦，我也就宁可不追问了。

“喝酒，对你是有好处的。你肯定会往心里去。这是当然的。当一个人把名字签下去的时候，不管签的是期票、起重机，还是凤尾鱼——对不起，我想说涂料来着——他就要负责。喝酒。这样你今晚就能睡得香，不会梦见那些测试，明早起来头也不痛了。等着看吧。这是黑市货，但货真价实。现在你说说事情最后怎么了的。”

“还没有了呢，我都说不上来它会怎么了，什么时候可能了。我来这儿十二天了，不知道到底要待多久；有时早上他们都会派人接我去，有时是加长轿车，有时是军用汽车；他们带我去实验室，但之后什么结果也没有。翻译跑过来道歉，不是技术员不在，便是停电，要么就可能全体员工都去开会了。不是说他们对我态度无礼，而是他们似乎已经忘了我在这儿了。到目前为止，我跟技术员的对话还不超过半小时；他给我看了他们的测试条，我为此绞尽脑汁，但这些测试条跟我们的一点都不一样。显然运送的时候出了点什么事，但我想不到到底是什么。要么就是他们的测试有什么问题，但是，你很清楚，怪罪别人，尤其是客户，绝对是下策。我告诉技术员，我希望看到整个过程，从样本的准备起，从头到尾。他对这个主意似乎颇不爽，但说可以；之后他再也没出现过。我见不到技术员，不得不跟一个可怕的女人去谈。康德拉托娃夫人身材矮胖，已然老迈，面容枯槁；你完全没有办法跟她就问题谈下去。她不谈涂料，而是把所有时间都用来跟我讲述她的人生故事，一个可怕的故事：列宁格勒保卫战时她就在城中，她的丈夫和两个儿子在前线战死，她在兵工厂工作，操作车床，当时的气温是零下十度。我为她觉得难过，但我也觉得很恼火，因为我的签证四天内就要到期了，我怎么能什么也没干成就回意大利？尤其是，什么事情都还没搞清楚。”

“你跟这个老太太说过你的签证要到期了吗？”

“没有，我觉得她跟我的签证没什么关系。”

“听我说：告诉她。从你的描述来看，我猜这个女人相当重要，而签证一旦到期，那些人马上就会来处理，因为否则的话，他们自己也相当于跟着蹚浑水。试试看。试试总没坏处。

你不会有任何损失。”

他说的是对的。我只稍微提了一下我的签证即将到期了，事情一下子便柳暗花明起来，就像默片到了收尾。康德拉托娃带头，所有人都猛然加快了动作和语速；他们突然变得愿意理解又乐于帮忙起来；实验室向我敞开了大门；准备测试条的人则宣布他听任我差遣。

我所剩时间不多，首先，我要求检查最晚送到的一批罐子里的东西。要分辨出来并不容易，但我用了半天时间，终于找到了它们。我们带着应有的小心谨慎准备了样本：这些漆光滑亮泽，跟凤尾鱼度过一个新婚之夜后，表面没有变化。我们不得不得出结论，要么是亮漆在当地储存条件下发生了变化，要么就是苏联人制作样本时发生了什么问题。在我离开的那天早晨，我只有测试一次最早送到的批次的时间：一些我们有所怀疑的样本出现了条纹和沙砾，但那个时候没有时间进一步调查了。我的延期申请被拒绝了。福索内来车站跟我道别，于是我们分开了，相互答应了再聚，在那里或回都灵，但最有可能是在那里。事实上，他在那里还有几个月的工作计划：他带着一队苏联装配工，正在完成一台巨大的挖掘机，它有三层楼那么高，在任何地形都可以活动，像史前蜥蜴一样用四个巨大的爪子前进；我在厂里还有两三件事情要办，但无疑我顶多一个月就会回来。康德拉托娃告诉我，无论如何他们都能撑一个月：在同一天，她收到消息，另一家工厂正在用一种德国亮漆，而且显然没出任何问题。在努力扫除目前困境的同时，他们也会加紧派人运一些那种漆来。

她又一次以其缺乏逻辑的话惊到了我，她要我一定尽快回来：“综合考虑来看”，我们的亮漆还是更可取。而她自己，为了帮我办上一张可续签的签证，愿意做任何事。

福索内问我，既然我要去都灵，能不能帮忙带一个包裹和一封信给他的姨妈，他的理由是：诸圣节[1]他要用来工作。包裹不重，但体积颇庞大；而信只是一张便条，地址的字迹清晰、认真，略微能看出它出自一双学过机械制图的手。他告诉我，小心别丢了表明包裹价值的单据，之后我们便分开了。

1 诸圣节（All Saints'）：一般在十一月一日。

姨妈

福索内的姨妈住在拉格朗街一栋老公寓里，那是一栋两层小楼，挤在一些更晚些时候造的建筑之间（但它们也一样破败），那些建筑起码有它的三倍高。公寓正面颇简陋，整体墙面是一种无法描述的大地色，上面用砖红色画着一些如今已难辨别的假窗和假阳台。我在找的B楼道位于天井背面。我停下来观察天井，而两个家庭主妇正从她们各自的楼梯台上狐疑地看着我。天井和入口门廊铺着碎石子，门廊下是两条平行的车道，四轮马车来来去去几代人的时间，花岗岩路面已被轧出痕、磨出印了。一个角落有一个洗衣槽，弃用已久：里面填满了土，种了棵垂柳。另一个角落是一堆沙，显然是为了什么修缮工作堆在那里，之后又被遗忘了。雨水的侵蚀让其隐约显出白云石山脉[1]的形状，还有猫在里面挖了一些不甚舒适的窝。这个角落正对着的是一个古老的公厕的木门，底部已经因为湿气和碱性气体腐烂了，而上半部分仍保有一些灰色的油漆，漆面在更深色的门板上裂开，使门看起来像鳄鱼皮一般。两个楼梯台通向三个方向，中间只以一扇生锈的铁门隔开，长铁钉在上端直刺出来。这个天井离那条交通拥堵的浮夸大街八米距离，但你在里面可以闻到一种隐隐的与世隔绝的气息，同时还有一种事物曾经有用、如今已长久弃置的不张扬的魅力。

1　白云石山脉（Dolomites）：位于意大利东北角的山脉。

我在三楼发现了自己要找的铜牌：奥代尼诺·加洛。是他母亲而不是他父亲的姐妹：但或许是远房的姨妈，用的是这个词的模糊含义。她们都来到了门口，我似乎第一眼就注意到了她们之间奇怪的相似处，荒诞的是，我们通常注意到这种相似性，是在两个我们于同一情境、同一时间碰到的人之间，不管他们多么不一样。是的，她们看起来不怎么像：除了一种不可名状的家族气质，结实的骨架和衣着的谦逊得体感，再没有别的了。一位姨妈是白头发，另一位头发是深棕色。染的吗？不，不是染的。近了看可以看到鬓角有几缕白发，这算一个证据。她们收下包裹，谢过我，让我坐在一个两人小沙发上，那沙发非常旧，形状是我以前从没见过的：中间一条缝几乎将其分成两半，两个座位呈直角。棕发姨妈坐着沙发的另一半，白发姨妈则坐在我们对面的小扶手椅上。

"能允许我现在就把信拆开吗？蒂诺很少写信，你知道……对，他就说了这两句：'亲爱的两位姨妈，我仰赖一位朋友的好意为你们送上这份礼物。深深问候你们，请接受我的吻和拥抱，你们永远的蒂诺。'这就没了。他不会累着眼睛，这是肯定的。那么你是他的朋友咯？"

我向她们解释，准确说起来我们算不上朋友，头一条便是，年龄差距摆在那里；但我们在那个偏远的地带遇见了，而且在一起度过了很多个夜晚。换句话说，我们是彼此很好的伴儿，他跟我说了许多有趣的事情。我看到白发姨妈飞快地跟她的姐妹交换了一个眼神。"真的吗？"后者问我，"你看，他跟我们可几乎什么都不说……"

我试图对伤害做些补救：在那样的地方，没有太多的娱乐活动，实际上根本就没有娱乐活动，在那么多外国人当中，唯有我们两个是意大利人，所以我们聊到一起是很自然的。说到这个，一般来说他只跟我说他的工作。为了显得有礼貌，我试着跟第一位姨妈说几句，再相应跟另一位说几句；但我其实觉得很尴尬。白发姨妈几乎不看我，大多数时间她都看着地板，不然的话，如果我直接跟她说话，她就盯着她暗色头发的妹妹。她说了极少的几句话，但也是对她妹妹说的，好像她说的是一种我听不懂的语言，那位深色头发的妹妹需要在中间充当翻译。然而，那位深色头发的姨妈说话时，白发姨妈还是会望着她，在座位上稍稍往前倾，好像在观察她，等着纠出她的什么错。

暗色头发的姨妈很健谈，幽默感也很好，于是我很快了解了关于她的一些事：她是寡妇，膝下无子；她如今六十三岁，姐姐六十六岁；她名叫特里莎，白发的那位叫门蒂娜——克里门蒂娜的简略；她已故的丈夫曾经是商船上的机修工，但后来打仗了，他被派到一艘驱逐舰上，之后人们便宣布他在亚得里亚海失踪了，那时是 1943 年初，正是蒂诺出生那年。他们才刚结婚。但门蒂娜则从没结过婚。

“……跟我说说蒂诺。他挺好的吧，是不是？他爬到那些脚手架上，没有着凉吧？他吃得好吗？不过，当然了，你见过他；你知道他是什么样。他的手巧得不得了：他一直都是那样的，小时候也一样，水龙头漏水啦，胜家（the Singer）缝纫机出毛病啦，收音机发生静电干扰啦，他都能马上修好。

但这也有另一面：我的意思是，他学习的时候，手里一直要摆弄东西，拆开来再装回去，你知道的，拆开容易，装回去可不容易。但后来他学会了，就再也没搞什么破坏。”

我可以在我的脑海里看到福索内的双手：修长、结实、敏捷，远比他的脸富于表现力。它们充当了他故事里的插图和注解，根据需要模仿着铁铲、活扳手或者铁锤。在食堂浑浊的空气中，它们比出了吊桥优美的悬链、井架的尖塔，在谈话陷入表达不畅时前来救场。它们唤起我阅读达尔文的遥远记忆，使我想起匠人的双手，那样的双手制造工具，修补器物，把人类的大脑从呆滞中唤醒，并始终带领它、刺激它、牵引它往前走，就像导盲犬牵着它的盲主人。

“他对我们来说就像儿子一样。想象一下！他在这套房子里生活了八年，即便现在——”

“七年，不是八年。”门蒂娜带着一种莫名其妙的尖刻纠正道，眼睛看的不是我。

特里莎继续说下去，没有理会她：“——我们必须要说，他很少惹麻烦，至少他在蓝旗亚的时候是这样，我的意思是，只要他过着一种稍微正常些的生活，他就没什么麻烦。现在，当然了，他挣钱更多，但我问你：一个人能这样干一辈子吗？像枝头上的鸟儿一样，今天在这儿，明天又去了天知道在哪儿的地方。前一分钟在沙漠里烤着，后一分钟又在雪里埋着，更别说艰苦的工作了……”

“……还有危险。在那么高的塔上干活，光想想我的头就晕。”门蒂娜补充道，语气好像在斥责自己的妹妹，要她负责。

“我希望随着时间一年年过去，他能安稳一点，但目前看来是不可能了。你该看看他在都灵时候的样子。待了两三天，就像笼子里的狮子一样了。我们很少在家里见到他，我怀疑有时候他直接去了膳宿公寓，都不跟我们俩联系。有件事是肯定的：虽然他身体那么好，但他如果一直这样下去，还是会彻底搞坏自己的胃。他跟我们住在一起的时候，我们想叫他回家来按时吃饭，安安静静地坐在桌边，吃进去一些热的、有营养的东西，但根本没有办法。他就像坐钉板一样坐不住：吃一个卷饼，一片芝士，就跑了！晚上他回来得很晚，我们两个都睡了他才回来，因为我们睡得早。”

“对我们也一样，给他做点什么特别的菜可真是高兴的事，因为单我们自己的话犯不着这么麻烦。他是我们唯一的外甥，我们又有的是时间……”

这时候一种模式已经建立起来，对我来说并非没有不适。特里莎说话的时候看着我；门蒂娜会补上她的评论，同时看着特里莎；而我坐在那里倾听，目光主要集中在门蒂娜身上。我察觉到她身上有一种难以形容的尖刻。我不明白那是针对我的还是针对她妹妹的，不然是针对她远方的外甥？针对他的命运？但归根结底，最末者似乎并不特别值得同情。在这两姐妹中，我辨认出一种分歧与分化，这是通常在伴侣之间——不一定是夫妻——可以观察到的现象。在他们共同生活之初，在天生大方和天生小气的两个人之间，在整洁和邋遢的两个人之间，在健谈和沉默的两个人之间，在喜久坐不动和喜四处走动的两个人之间，差别可能非常微小。但日久年深，那些差别会加剧，变成特别清晰的特点。在某些案例下，这可能表现为拒绝直接竞争，所以，当一个人表现出在某一领域占主导的迹象时，另一个人不会在该方面争取，而会选择另一个与前者相邻或相去甚远的领域。在其他案例中，其中一个会有意或无意地伺机以自己的行为来弥补另一方的缺陷，所以当一个男人爱沉思冥想或者生性懒惰时，妻子就被迫开始对现实事务采取主动关注。相似的分化已在许多动物物种中发展出来，比如，在很多动物中，男性专门负责捕猎，女性则倾向于只养育后代。同样的，特里莎姨妈变成了专门负责与外部世界接触的人，而门蒂娜姨妈则把自己关在了家里。一方负责外交，一方负责内政，但显然并非没有嫉妒、争执和相互指责的地带。

我试图消除两位老太太的疑虑："不，你完全用不着担心他的饮食。我见过蒂诺是怎么生活的。他干工程的时候，不管喜不喜欢，不管在哪个国家，他都必须按一个计划表来。还有一点，你离文明国家越远，你就越能保证吃到的是健康的食物，虽然可能不熟悉，但很健康；所以他不会把胃搞坏的。说到这个，在我看来，蒂诺有着让人羡慕的好身体。不是吗？"

"哦，是的。这是真的，"门蒂娜开口说道，"他从不生病，总是好好的。他永远不需要任何东西，他也永远不需要任何人。"可怜的门蒂娜姨妈已经完完全全坦露了心思；她，毕竟也需要某个人，某个需要她的人：也就是，蒂诺。

特里莎姨妈给我端来了一杯利口酒和一些蛋白杏仁饼，她请我留下来跟她们一起打开我从苏联带来的包裹。里面有两条毛领，一条白色，一条棕色。我不是专家，但我印象中这不是特别珍贵的皮草，可能是从贝里奥兹卡商业街（Beriozhka Stores）买的，报名莫斯科三日游的游客实际上必到的一站。

“这毛领多漂亮呀！你人真是太好了，这么大老远把它带过来。给你添了这么多麻烦真是不好意思，你可以打电话来，我们可以去取呀。天知道他花了多少钱，可怜的孩子，给我们戴，这真的太隆重了。或许他以为我们还常去罗马大街散步呢。好吧，干吗不呢？这是让我们重新培养起这种习惯的好理由，门蒂娜？毕竟我们还没有老。”

“他不怎么说话，蒂诺话不多；但他有自己的感情。他随他母亲。看起来他好像只是个粗糙的乡下小伙子，但这只是表面。”

我礼貌地点点头，但我知道我这是在撒谎。福索内粗糙的性子不只是表面；或许他不是天生如此，或许他以前不一样，但现在，这种特点已经在无数次的与他对手的斗争中被加强——他那架子的铁和他的螺栓，它们显然非常难对付，从不原谅你的任何失误，并时常把它们自己也卷入对你的怪罪中——变得真实和根深蒂固。我认识的那个人，跟那两位姨妈（“一个很聪明，另一个没那么聪明”）构建出来并倾注了所有疼爱——但回报甚微——的人，是截然不同的。她们在拉格朗街的隐蔽居所，完全不受外面年代更迭的影响，我坐的双人小沙发便是最完美的体现，这里是个会被遮挡视线的观望台。即便福索内愿意多说一些，他也绝不可能在这些窗帷里面回忆他的成功与失败，他的创造与恐惧。

“蒂诺需要的，”特里莎说，“是一个好姑娘。你不觉得吗？天知道我们想这事想了多少回了，我们甚至一次次试着给他介绍。看起来挺简单，因为他也是个好孩子，工作努力，长得不赖。他没有坏毛病，挣得也不少。但你相信吗？我们介绍他们认识了，他们见了面，一起出去了两三次，然后那姑娘就跑过来哭，说已经完了。我们一直不理解怎么会这样。不用说，他一个字也不会讲的。而那些姑娘呢，个个说辞都不一样：有的说他是粗人；有的说他一句话也没说，带着她走了四英里（约 6.4 千米）路；还有的说他很爱装。简直是一场灾难，现在人人都知道了；有人在传闲话，我们也不敢再给他安排什么约会了。但是，他可能没为自己的未来想，但我们会想，因为我们比他多活了这些年，我们知道独自生活是什么滋味。我们还知道，要跟别人共同生活，你得有固定的住处。否则，你真要成大老粗了。你总能见到很多这样的人，尤其是星期天，你立马就能认出他们。我每次看到这样的人，就会想起蒂诺，心里止不住地难过。但是你能不能，找个聊私事的晚上，跟他说说呢？”

我答应说我会的，但我知道我又是在撒谎。我对他一句也不会讲，我不会给他建议，我不会尝试以任何方式来影响他，来为设计他的未来做贡献，来扭转他为自己或为自己的命运设计的未来。只有一种让人难以理解的、世俗的、古老的爱，比如他的姨妈对他的爱，才会让人自以为知道缘由会生出怎样的后果，知道装配工蒂诺·福索内如果跟一个女人和一个“固定的居所”拴在一起会经历怎样的改变。在超过他经验的情况下，一个化学家要预见两个简单的分子之间会有怎样的互动都很困难：要预测两个稍微复杂些的分子相遇时会怎样，便很不可能了。怎么预估两个人类相遇后会有什么结果呢？怎么预测一个人应对新情况的反应呢？什么都说不准：没有什么是肯定的，没什么“可能”，也没什么“老实说”。言而无信令人失望，也好过言出必行造成过失：最好不要企图操纵他人的命运，因为掌握自己的命运就已经够不容易了。

要起身跟两位老太太告辞并不容易。她们一直能找到新话题，一旦我想要往前门移，她们便用各种办法阻止我。我可以听到商用飞机的轰鸣声，从早餐座那边的窗户往此刻已经降下的夜幕中望去，可以看到飞机闪烁的灯。

“每次一架飞机飞过，我都会想他，他真不怕飞机出事啊，”特里莎姨妈说，“想想！我们从没去过米兰，为了看海也只去过一次热那亚！”

凤尾鱼二

“我那两位姨妈，她们还不错，这一点毫无疑问。但她们不时就有点爱唠叨。谢谢你帮我带包裹，希望没有浪费你太多时间。所以你星期二也要走？坐飞机？好，我们可以一起走。反正一直到莫斯科都是一样的路线。”

路程很长，线路复杂，我很高兴有人可以陪我一段，最重要的原因是，福索内在这段路上来回了许多次，比我熟悉，尤其是，比我知道更多门道。我高兴也是因为我与凤尾鱼的拉锯最终以我的绝对优胜结束了。

天下着毛毛细雨。按计划应该会有一辆工厂的车在宿舍楼前面等我们，并将我们送到四十公里外的机场。时间过了八点，又过了八点半。地面泥泞，一个人也看不到。大约九点钟，一辆敞篷小卡车开来了。司机下车问我们，“你们是三个人吗？”

“不，只有我们两个。”福索内答道。

“是法国人吗？”

“不是，意大利人。”

“你们去车站？”

“不，我们去机场。”

司机是一个孔武有力的年轻人，脸上散发着光彩，自相矛盾地总结道：“这样的话，上车吧。”他帮我们把行李装上车，然后出发了。路面上因为有许多水坑而颇不平坦；他一定对此十分了解，因为有一些他是直接开上去，完全不减速，而另一些，他会小心地绕开。

“我也很高兴，”福索内跟我说，“首先是因为我对这一带已经有点忍无可忍了；其次是因为那台挖掘机，那头有着四条腿的动物……它对我来说有很大意义，现在我看着它完工了。它还没有投入使用，但我已经把它托付给了可靠的人。你的事情怎么样？那些装鱼用的罐头：结果怎么样？”

“结果不错。最后证明，我们是没问题的，但这故事不怎么好。是的，它是个相当傻的故事，不是那种讲来会有乐趣的故事，因为讲这个故事的时候，我必须回忆起自己有多傻，竟没有早点把事情想明白。”

“别太往心里去，”福索内答道，“跟工作有关的故事，几乎都是这样收场：真的，所有故事，因为这是关于解决问题的。你读完一本悬疑小说之后也会有这种感觉，你一拍脑门说‘当然是这样！’，但这只是一种印象。事实上，现实生活永远没有那么简单。简单的只有学校里老师布置的题目。那么后来？”

“后来，我在都灵待了一个多月的时间。我又从头到尾核对了一遍，回到这里的时候我确信自己满手王牌。但我发现，苏联人也确信王牌在自己的手里：他们检查了好几十罐产品，据他们说，至少五分之一的产品是次品；也就是说，它表面出现了沙砾。有件事是确定的：所有沙砾状的样本——也只有这些——都是无法耐住凤尾鱼的。技术员对待我就像那些急脾气对待傻子一样。他个人有了一个发现——”

“要小心那些会发现的客户：他们比骡子还差劲儿。”

“不，不。他从我的观点中发现了一件非常严重的事。如你所知，我认为肯定是出于一些当地原因：我怀疑沙砾来自那些做测验用的金属条，或他们用来刷漆的刷子。他向我紧逼过来；他找到了一种方法，证明那些疙瘩原来就是在漆里面的。他用一台黏度计——这不是什么复杂的仪器：这是一个带锥形底的圆柱杯子，最下面是一个定径水口。你用一根手指抵住水口，在杯中倒满亮漆，让气泡都浮到表面；然后移开手指，同时按下秒表。用杯子中的漆流光的时间来衡量黏度。这是一项重要的测试，因为涂料的黏度在贮存过程中是不应该改变的。

“好吧，这个技术员已经发现，你无须把漆涂在测试条上，便可以看出哪些是不合格的。你只需仔细观察从黏度计的水口流下来的漆；如果那罐漆是好的，漆就会平稳光滑地流下来，像玻璃一样；如果那罐漆是坏的，那它就会时断时续、时疾时缓：每杯要断三四次，甚至五次。他说，这说明亮漆里面本来就有结块。我感觉自己就像被钉在十字架上的耶稣，我告诉他，其他方法都观察不出问题；在测量前、测量后亮漆都看起来又好又干净。”

福索内打断我说：“抱歉，但在我听起来好像他说的没错。如果你可以看到点什么，那就是里面可能有什么东西。”

“当然，但你知道，老话是那么说的：差池是个丑陋无比的动物，人人避之唯恐不及。当我看到那条金色的细流断断续续，仿佛想讽刺我时，我感觉血液直冲脑门，脑子里一片混乱。一方面，我想到我在都灵做的测试，结果都没问题。另一方面，我想到，亮漆是一种比所有人的想象都复杂的东西。一些工程师朋友告诉我，过了一段时间以后，你连一块砖或者一个螺旋弹簧会变成什么样都很难说。嗯，相信我，我有许多年的经验，与砖块相比，涂料更像我们人类。它们诞生，衰老，然后像我们一样死去；当它们老了，它们会变傻，即使是年轻时，它们也会欺骗你，而且它们其实真的会说谎，伪装出另一种样子：健康的时候看起来病快快，真病了又看起来很健康。同样的原因会产生同样的结果，说这话的人真是站着说话不腰疼：他们不用亲自做事情，而是让别人把事情做好，因而才说出这样的话。这话你试试跟农民、中小学老师、医生——或者最好是政客——去说。如果他们做事诚信、头脑聪明，肯定会捧腹大笑。”

车突然一颠，我们被抛起来，头撞上了车顶。司机遇到了一个关了的铁路平交道口，于是紧急向右转弯，斜冲进了一条沟里，彻底离开了正路；田野被犁过后有一条条印迹，现在他正平行于这些印迹往前开。他自豪地看向我们，不是要看我们是否安然无恙，而是喊了一些我听不懂的话。

“他说走这条路更快。”福索内带着一种相当不相信的表情翻译了一遍。不一会儿，司机放肆地让我们看了另一个关闭的平交道，对我们做了个手势，好像在说，你看到了吧？他冲上一个路堤，回到了公路上。“这就是苏联人，”福索内低声跟我说，“要么无聊，要么疯狂。谢天谢地，机场不远。”

“我遇到的那个苏联人，那个技术员，他不无聊，也不疯狂：他跟我一样，他做着自己分内的事情，努力履行自己的职责。他只是有点太执着于自己的黏度计发现了，但我必须承认，在过去的这些天里，我一点都不想以《圣经》要求我们的方式去爱他。我需要一点时间理一理思路，我请他容许我进行一次全面的测试。现在，三千罐货全在他们的仓库里，依次标了号。我想为自己申辩，要求重新检验：哪怕不是全部完好，至少有三分之一没问题就行。那是一项愚蠢、漫长的工作（而且事实上，我在这上面花了两个星期），但我想不到别的办法。

“我们每天花八个小时准备成百上千条测试条，那些沙砾状的我们连测都不用测。夜里，我们在平滑的测试条上放上凤尾鱼：它们都挺住了。这样干了四五天后，我以为我可以看到某种规律了，但我无法解释这种规律，它本身也无法解释任何事：我的意思是，情况似乎有几天好、有几天坏——有几天是‘平滑天’，有几天则是‘沙砾天’。但也不是完全泾渭分明：平滑天也总有几条沙砾状的样本，沙砾天也有不少平滑的样本。”

我们来到机场，司机跟我们挥手再见，掉头时把轮胎弄出了刺耳的声音，好像特别赶似的，一眨眼的工夫就窜走了。卡车甩起两道泥点帘子，并在其中飞快地消失了，福索内的眼睛一直盯着它，他嘟囔道：“傻子他妈总要怀孕，在这个国家也一样。”然后他转向我：“对不起，能不能等等再讲剩下的故事。我很有兴趣，但我们得先过海关。我很有兴趣，因为有一次装起重机，它有几天罢工，有几天又好好的。但之后我们把问题搞清楚了，这不是什么不寻常的事情。只是因为湿气。”

我们排到过海关的队伍后面，但一个小个子的中年女子马上来到我们面前，她英语说得很好，领着我们去了队伍的最前面，其他排队的人都没抗议。我很惊奇，但福索内解释道，这是因为他们认出我们是外国人了；或许工厂打电话跟他们知会过了。我们很快就通过了——我们本来完全能够带出一把机关枪或者一千克海洛因。海关检查员只是问我有没有带书；我有一本，英文的，写的是海豚的一生；他很疑惑，问我为什么会有这样的书，从哪里买来的，我是英国人吗，我是鱼类专家吗。我不是？那么我为什么碰巧会有这本书？为什么我想把它带回意大利？听完我的回答后，他询问了一下上级的意见，然后便放行了。

飞机已经在柏油跑道上了，座位也几乎坐满了；那是一架小涡轮螺桨飞机，里面是一派家庭的气氛。好几拨人都是一家人，显然是农民：小婴儿睡在母亲怀里，水果篮、蔬菜篮差不多到处都是，三只活鸡的脚被绑在一起，放在一个角落里。在飞行员的驾驶室和乘客的空间之间没有分隔板（或许是被移走了）；两个飞行员在等待着接收起飞许可信号，他们大嚼着葵花子，跟空姐和控制塔上的某个人（通过无线电）聊着天。空姐是个漂亮的姑娘，非常年轻，身材结实，脸色白皙。她没有穿制服，但穿了一条小黑裙，一条紫色披肩随意地披在肩上。过了一会儿她瞄了一眼手表，从里面走出来，来到乘客当中，跟两三个熟人打了招呼。她告诉我们她的名字叫维耶拉·菲利普维纳，她是本次航班的空姐。她说话声音温和、语气亲近，没有那种空姐常带的机械感。然后她说，我们大概在几分钟到半小时之内会起飞，飞行可能持续一个半小时到两个小时的时间。请各位乘客系好安全带，落地之前不要吸烟。她从包里取出一把长条形透明塑料袋说："如果哪位乘客携带了钢笔，请将钢笔装入这样的袋子中。"

"为什么？"一位乘客问道，"这不是增压机舱吗？"

"是的，它是稍微增压过，公民朋友，但还是听听我的建议。说到这个，大家都知道，钢笔在地面上还会漏水呢。"

飞机起飞了，我继续说我的故事。

"如我告诉你的，粗略地说，有几天好，有几天不好。并且，粗略地说，早上做的测试比下午做的测试差。我白天做测试，晚上思考，但我还是弄不清事情的端倪。当他们从都灵打电话问我事情进展得怎么样了，我会羞愧得满脸通红。我向他们做承诺，我拖延时间，我感觉自己在划着一艘拴在桩子上的船，耗尽全力却仍然哪里也去不了。我晚上想，深夜想，因为我睡不着。偶尔我会打开台灯读那本海豚的书，好把时间消磨过去。

"有一天夜里，我没有读那本书，我开始重新翻看自己的日记。那其实算不上日记，只是我一天一天匆匆写下的笔记；每个做复杂工作的人都会养成这样的习惯，尤其是，年纪大了之后你的记性就没那么靠得住了。为避免引起怀疑，白天我什么都不写，但晚上，我一到宿舍，就会忙把笔记和观察草草写下——顺便说一句，这是相当让人沮丧的。唔，重新翻看甚至更加让人沮丧，因为完全没感觉。只有一个规律，而它又可能只是巧合；康德拉托娃来那几天是最惨的。对：就是那个丈夫和儿子都在战争中去世的那个女人，你记得吗？

或许是因为她经历了那些不幸，但事实上，这个可怜的女人不只惹到了我，她把每个人都搅得心神不宁。在她因为签证的问题来找我的那几天我写了些笔记；她在处理这件事情，或者该说她本应该在处理这件事情，但她没有，她跑来跟我讲她的伤心事，让我没时间工作。她还就凤尾鱼的事情取笑了我。我觉得她可能没有恶意；或许她没意识到我被认为对这件事负有个人责任，但她也肯定不是那种你乐意打交道的女人。无论如何，我不相信邪恶之眼，康德拉托娃的不幸可能变成了亮漆里面的疙瘩这种话我是接受不了的。说到这个，她的手从来不碰任何东西；她也不是每天来，但如果来，她便来得很早，她来的第一件事就是把实验室里所有的人都骂一遍，因为在她看来，那个地方不够干净。

“没错，正是清洁让我回到了正确的思路上。‘智慧总在夜里闪现’这句老话真对，但只有那些夜里无法入睡的人才会取得智慧，他的头脑始终无法休息，一直在搅动着。那天晚上，我感觉自己好像置身于电影当中，而放的是一部糟糕的电影——不只糟糕，而且画质很差，过一会儿就会断，之后又重新开始；事实上，出现的第一个人，是康德拉托娃。她走进实验室，跟我打了招呼，然后喋喋不休地宣讲她关于清洁的那一套；然后电影便断了。后来发生了什么？在不知道中断了几次之后，这一场景又多出了几个镜头，我看到这个女人派了一个姑娘去取抹布。抹布被给了特写，有些其实不是抹布，而是有大网眼的白色材料，就像医院里的纱布。你知道这样的事情是怎么回事：那不是一个不可思议的梦，我可能在现实中见过这样的场景，但我可能当时被其他东西分了心，或者当时康德拉托娃正在跟我讲列宁格勒和围城战。我一定是无意识地将这段情景记录了下来。

“第二天早上，康德拉托娃没在那儿。我装作很随意，好像脑子里没想什么特别的。然后我跑去询问那些装抹布的箱子。我打着手势，反复坚持，并凭着自己的直觉，从技术员的解释中了解到，这是在测试中被废弃的做绷带的材料。显而易见的是，这个人在装傻，利用我们之间的语言障碍。我不费什么工夫就弄明白了，那些纱布是非法获得的，或许是物物交换得来的，或许是因为有人脉。也许每个月的抹布配发没有送来或者送晚了，他自己想办法解决了——当然出发点完全是好的。

“那天天气晴朗，阴天持续了一周后终于放晴了。说实话，我认为，如果早一点放晴，我可能在做那些沙砾条测试之前就想明白问题了。我从箱子里拿了一条抹布，拿在手里抖了两三次；片刻之后，在实验室的另一边，一束几乎看不见的光束里便充满了发光的粒子，像五月的萤火虫一样一闪一闪。现在我必须告诉你（或许我已经告诉你了），涂料是很难搞的一类东西，尤其是，要考虑头发这样细的东西或者能飘浮在空气中的任何东西的时候。我一位同事不得不给一位土地拥有者付一大笔钱，好让他砍掉一排距离工厂六百米的白杨树；否则，到了五月，那些裹带着种子的絮，那么漂亮又飞得那么远，最后会飞到那一批批被研磨过的涂料里，然后毁了它们。防蚊网和纱窗完全没用，因为那些絮会从窗缝和门框中进来，夜里在角落里积蓄起来；到了早上，只要通风设备一打开，它们就会疯狂地在空气中打旋儿。

“有一次我因为果蝇（fruit flies）惹了麻烦。我不知道你对这个物种是否熟悉，但科学家热爱它们，因为它们有非常大的染色体。事实上，几乎我们今天所知的所有遗传生物学家的发现似乎都归功于这些小虫子，人们以各种可能的方式杂交培育它们，解剖它们，给它们注射东西，饿着它们，给它们吃奇怪的东西。所以你可以看到，好卖弄常常会变得非常危险。人们将它们命名为果蝇（drosophila），而且它们很漂亮，有红色的眼睛，身长最多三毫米，而且完全无害。正相反——虽然这或许有悖它们的意愿——他们为人类带来好处。

“这些小生物喜欢醋，我也没法告诉你为什么。具体点说，它们爱的是醋里面的醋酸。它们可以在一个不可思议的距离外就闻到醋的气味，它们像云一样从四面聚拢到——比如说，葡萄汁上，葡萄汁的确含有少量醋酸。如果它们发现了真正的醋，它们就会像喝醉了一样；它们在上面一圈一圈地飞，围得密密麻麻，而且通常会掉进去，然后淹死。”

“手在蜜罐子里放久了，肯定要挨蜜蜂蜇。”福索内评论道，又引用了一句俗语。

“我说它们闻到，这其实只是一种比喻说法……它们当然没有鼻子，它们用触须感知气味。但要说嗅觉——我姑且这么说——它们远比我们厉害，甚至比狗厉害，因为它们是从化合物中感知酸，举个例子，乙酸乙酯或者乙酸丁酯，这些是硝基漆溶剂。唔，我们有一款硝化纤维指甲油，是一种非常特别的颜色；我们花了两天时间调整颜色，正让它通过三轮研磨机。我说不出原因——可能正是它们的季节，可能它们比平常更饥渴，也可能它们跟同类传播了消息——但它们成群地飞来，落在转动的转轮上面，被碾到了漆里面。我们在流程的最后才意识到这个问题，已经没办法过滤了。我们没有把这批货扔掉，我们把它加到了一些防锈漆里面，这漆后来透着一种漂亮的玫瑰色。抱歉我可能有点跑题了。

“总而言之：那个时候我感觉我回到了正轨。我向技术员说明了我的猜想，其实在我心中这已是十分确定的事，为此我想请他允许我打电话把这个消息告诉我在意大利的工厂。但技术员不愿让步：他亲眼看见各种亮漆样本刚从罐子里取出来，便要断断续续地通过黏度计。这些漆怎么会有时间沾上空气中的抹布的纤维？对他来说这是很清楚的：那些纤维可能与这件事有关系，也可能没关系，但疙瘩在那些罐子运进来的时候就已经在里面了。

“我必须让他（也是让我自己）看明白，事情不是这样的，每一个疙瘩里面都包含来自纱布的纤维。他们有显微镜吗？他们有：有一台学生用的仪器，只有两百的放大倍数，但这也能满足我的需求了。它还带偏光镜和分析镜。”

福索内打断了我：“你等等。你得承认，我跟你讲同我工作有关的故事时，我从没占你便宜。我知道你现在肯定扬扬得意，但你也不能占我便宜。你得解释，这样听的人才能理解；否则就没得玩了。不然的话，你是不是已经倒向另一边了：

一个只顾自己写的作家，读者由于已经花钱买了书，于是不得不自行搜索和学习？”

他是对的，我已经被带跑了，另一方面，我也急于结束我的故事，因为维耶拉·菲利普维纳已经在过道上来回走动，周知乘客，她认为，我们二三十分钟后就会在莫斯科落地。所以我向他简单解释了一下，有长的分子和短的分子，只有长分子——不管是人造的还是天然的——能够生产强韧的纤维；在那些纤维中，那些羊毛、棉、涤纶、丝或者随便什么类似的东西的纤维中，分子是纵向排列的，而且大体上是平行的；而偏光镜和分析镜是可以帮助我们识别这种平行结构的仪器，即使观察对象是显微镜下几乎不可见的纤维的一块碎片。如果分子是有排列方向的，那么它就是一条纤维，换句话说，你可以看到漂亮的颜色；如果分子随机混成一团，你便什么也看不见。福索内嘟哝了一声，算是表明我可以继续讲了。

“我还在一个抽屉里找到了一些漂亮的小玻璃勺，是那种用于精确测重的勺子。我想给技术员看的是，在每个从黏度计中流出来的疙瘩里面，都有一条纤维，而没有纤维的地方绝对没有疙瘩。我用湿抹布彻底清洁了那个地方，让他们把抹布箱子移走，那个下午，我开始了我的搜索：当疙瘩从黏度计上下来时，我必须用勺子接住它，然后把它拿到显微镜下。我认为这可以成为一项运动，一种在家也可以做的双向飞碟射击。但在四五双怀疑的眼睛盯着我的时候做这项运动也没什么乐趣。有十到二十分钟的时间我什么进展也没有。我总是出手太慢，疙瘩漏过去了。不然就是因为紧张，我又会把勺子伸过去接一个不存在的疙瘩。后来我明白了，重要的是舒服地坐着，在充足的光线下，在离涂料流非常近的地方拿着勺子。我成功地捕捉到了第一个疙瘩，然后把它放到了显微镜下，纤维就在里面。我将它和另一条为了这一目的从纱布上弄下来的纤维做了比对。完美:它们是一样的，都是棉的。

“第二天，也就是昨天，我学到了一项真技能，并且教会了一个姑娘。毫无疑问，每个疙瘩都包含了一条纤维。然后纤维就成了凤尾鱼攻击亮漆时的第五纵队[1]。这解释起来非常简单，因为棉纤维是疏松的，它们很容易起导水管的作用。但苏联人没有进一步询问我；他们签署了我的免责协议，并送我离开了，我的口袋里则装着一份新的亮漆订单。顺便说一句，虽然认识的苏联人不多，但我发觉，我随便找个什么理由，他们左右都会给我订单，因为康德拉托娃几个月前跟我提过的那批德国人的亮漆，在疙瘩和凤尾鱼这方面，显然也跟我们的表现一样。而技术员的发现,那个我那么担心的东西，被证明是由于一个十分明显的可笑的原因：在两个测试之间，他们没有用溶剂清洗黏度计并弄干，而是直接用箱子里的纱抹布清洁,所以,对于疙瘩,黏度计本身才是最大的感染温床。”

我们在莫斯科落地，取了行李，然后坐上了送我们去城里旅馆的巴士。我努力想让福索内谈谈他自己的看法，但失败了，我对此相当失望；他带着平常那一副面无表情的样子听完了我的故事，几乎没有打断我，也没有问我问题。但他

1　第五纵队：喻指内奸。

一定是循着自己的思路去了，因为一大段沉默之后，他对我说：“所以你真的要放弃这行了吗？很抱歉我这样说，但如果我处在你的位置，我会更谨慎地想一想。我告诉你，做可以用手摸到的事情有一个好处：你可以做比较，然后了解你值些什么。你出了错，便改正，下一次你就不会出错了。但你年纪比我长，你或许在自己的人生中也已经见了足够多的事了。”

这种时刻需要的当然是麦克沃尔船长。我一想到他，便可以看到，他就是最适合处理这种情况的人。我不是说我曾见过麦克沃尔船长本人，或曾接触过他讲求实际的思想和他不屈不挠的性格。麦克沃尔不是我几个小时、几个星期或几个月时间的相识。他是二十年的人生的产物。我自己的人生。他绝非有意识的创造。如果麦克沃尔船长真的从未在这世上行走过、呼吸过（我自己不禁也感到极其难以相信），那么我还是可以向读者保证，他是全然真实的。

——约瑟夫·康拉德，《台风》作者注

我想借这段引用告诉读者，正如康拉德从没见过麦克沃尔船长“本人”一样，我也从没真的遇见过利贝蒂诺·福索内。如那位英国船长一样，福索内是想象出来的，但同时也是“全然真实的”；他是一个混合物，是以许多我曾遇见过的人拼凑而成的，在性情上、品质上、个性上，以及他们对工作和世界的看法上，他们与福索内相似，也与彼此相似。

——普里莫·莱维

图书在版编目（CIP）数据

扳手 /（意）普里莫·莱维著；杨晓琼译．-- 北京：中信出版社，2017.10（2022.8 重印）

ISBN 978-7-5086-7305-9

Ⅰ．①扳… Ⅱ．①普… ②杨… Ⅲ．①长篇小说－意大利－现代 Ⅳ．① I546.45

中国版本图书馆 CIP 数据核字（2017）第 031728 号

扳手

著　　者：［意］普里莫·莱维
译　　者：杨晓琼
出版发行：中信出版集团股份有限公司
（北京市朝阳区惠新东街甲 4 号富盛大厦 2 座　邮编　100029）
承 印 者：山东临沂新华印刷物流集团有限责任公司

开　　本：850mm×1092mm　1/32　　印　　张：7.375　　字　　数：132 千字
版　　次：2017 年 10 月第 1 版　　印　　次：2022 年 8 月第 2 次印刷
书　　号：ISBN 978-7-5086-7305-9
定　　价：45.00 元